愿我所爱 欣然入梦

僕の好きな人がよく眠れますように

日本新锐作家文库

[日] 中村航 著
孙淑华 郑爱军 译

青岛出版集团 | 青岛出版社

BOKU NO SUKINA HITO GA YOKU NEMUREMASUYONI
©Kou Nakamura 2008, 2011
First published in Japan in 2008 by KADOKAWA CORPORATION, Tokyo.
Simplified Chinese translation rights arranged with KADOKAWA
CORPORATION, Tokyo. through CREEK & RIVER Co., Ltd.

山东省版权局著作权合同登记号　图字：15-2020-372 号

图书在版编目（CIP）数据

愿我所爱欣然入梦 /（日）中村航著；孙淑华，郑爱军译 . -- 青岛：青岛出版社，2023.7
ISBN 978-7-5736-1170-3

Ⅰ.①愿… Ⅱ.①中…②孙…③郑… Ⅲ.①长篇小说—日本—现代 Ⅳ.① I313.4

中国国家版本馆 CIP 数据核字（2023）第 087772 号

YUAN WO SUOAI XINRAN RUMENG
书　　名	愿我所爱欣然入梦
著　　者	[日]中村航
译　　者	孙淑华　郑爱军
出版发行	青岛出版社
社　　址	青岛市崂山区海尔路 182 号（266061）
本社网址	http://www.qdpub.com
邮购电话	0532-68068091
责任编辑	霍芳芳
特约编辑	张庆梅
封面设计	今亮后声·任晓宇
插画设计	尔凡文化
照　　排	青岛可视文化传媒有限公司
印　　刷	青岛双星华信印刷有限公司
出版日期	2023 年 7 月第 1 版　2023 年 7 月第 1 次印刷
开　　本	32 开（889 mm×1194 mm）
印　　张	7.125
字　　数	110 千
印　　数	1—6000
书　　号	ISBN 978-7-5736-1170-3
定　　价	39.00 元

编校印装质量、盗版监督服务电话：4006532017　0532-68068050
上架建议：日本 / 文学 / 畅销

译序

夹缝中的爱情

"你也许还不清楚自己的心愿,你也许还不知道自己想干什么、能做什么、应该做什么,但是,不必担心。正因为你是这样的你,所以才有属于你的地方;正因为你目前不了解,所以才会迈向未来;正因为不了解,所以你才能够前进。只有这样的你,才能走到某个真正属于你的地方。"第一次接触中村航是被其作品《向星星许愿,向月亮祈祷》里面的这段文字吸引。

中村航是日本当代著名小说家,被学界称为继片山恭一、市川拓司之后的日本纯爱小说新天王,也被视为最接近芥川奖的作家。他独特的世界观以及充满魅力的文体备受好评。他的写作风格温柔、细腻，故事主题多与孩子相关。他和是枝裕和一同创作的小说《奇迹》备受好评，再一次让读者感受到其无与伦比的魅力。

这次有幸获得青岛出版社垂爱，执笔翻译其作品《愿我所爱欣然入梦》，更加深入地了解了他的写作风格。为了便于读者阅读，在这里对作品做一简单梳理，不当之处还请各位读者指正。

《愿我所爱欣然入梦》是中村的纯爱作品之一，故事是以"我"和小惠为中心展开的，因为小惠是一个有夫之妇，所以两个人的关系从某种程度上来说非常复杂。这部作品在让读者感受如初恋般甜美爱情的同时，也时时给人悲伤、郁闷和孤独之感。这是一部拥有强大张力又兼具紧凑感的青春恋爱之歌。

层层推进的恋爱故事与木户的出现是作品中最为重要的两个叙事元素，它们奠定了故事的基本格局，同时相辅相成地推进了故事的发展。小说由明暗两条线索构成，分别由那年春天"我"遇到的两个人来引导。一个人是结婚后仍使用旧姓的田中惠（小惠），另一个人是以假姓示人的坂本（木户）。"我"和小惠的爱情推进为明线，木户的暗中指点和帮助为暗线，作品使用明暗两条线索完成故事的叙述，暗线对明线的整体走向发生作用。两个青春懵懂的年轻人不畏世俗，追求纯真恋爱，在此过程中遇到了种种困难，于是"我"通过拜访木户，得到鼓励和支持，在"夹缝"中获得力量，追求自己的真爱。

春天，在北海道研究员的欢迎晚会上，"我"认识了有夫之妇田中惠，从此两人渐渐坠入爱河，同时也坠入"夹缝"。小惠作为有夫之妇夹在丈夫和恋人之间，"我"作为恋人夹在他人夫妻之间。作品中用两条铁轨画出优美的弧线，并且一点点靠近来暗示二人关系的发展，但是无论如何，相互靠拢的两条铁轨终究很难交叉。他们的关系今后会如何发展，让我们拭目以待。

"我"和小惠一起照顾实验小鼠，一起搞研究，一起约会喝酒，一切看起来都进展得很顺利。"我"非常想向她表白,但又难于启齿,于是陷入了痛苦的深渊,像被浓雾包围一样迷失了方向,情绪无处发泄。

在一个闷热难耐的傍晚,"我"拜访了字条上那个见不到阳光的昏暗房间。在那里,怪人木户让"我"抚摸了象征着骨气的富士山石头,并向"我"传授了男人的恋爱宝典——"来者不拒,去者不追"。到昨天为止,无论多么迷恋对方,无论多么相爱,都必须做到"去者不追",如果连这点都做不到,是不能谈恋爱的。木户侃侃而谈。但当他知道"我"需要强有力的、让人振奋、给人力量的鼓励时,他却一反常态,现学现卖地给"我"支招,让"我"去找小惠握手。

他让"我"饱含激情,站在小惠的立场,理解小惠的心情,用力紧紧地握小惠的手,让她舒服,然后露出笑容。他认为只有握手才能解决问题。此时的木户俨然成为了"我"的恋爱导师,正是由于他的指引,位于明线的"我"和小惠的爱情才得以顺利发展。

"我"和小惠的关系虽然在不断发展,但在约会回来的电车上,因为她没有爽快地回应"我"的表白,于是"我"整天郁闷，难以忍受，无法排解，觉得两人还什么都没开始，却整天像被悲伤的残骸笼罩着……小惠也因此陷入近乎绝食的状态。"我"和小惠的恋爱陷入了犹豫的"夹缝"之中。

实验室给鼠类举办慰灵会后，两人约会时，"我"向她表白了。小惠主动提出要跟"我"握手。就像被吸引一样，两人的手握在了一起。"我"攥紧她的手，她的小手也用相同的力量握着"我"的手。开始"我"能感受到她小而柔软的手的温度，不久，两只手的温度就融合在了一起。至此，两人之间的误解消除，开始不断约会。两人一起去"新东京"跳舞，去御台场约会，去"击退"提督培理，去昭和纪念公园散步，在大海前第一次接吻，不久后开始同居，自认为是世界上最快乐的一对恋人。此时，"我"和小惠所在的"夹缝"是相对安全、甜蜜的。

故事一波三折，小惠趁学校文化节放假期间回了北海道，"我"陷入了痛苦的深渊，于是又去找木户。

木户这个割舍了一切——把大家通常拥有的东西

全部割舍掉——的男人大骂了"我",甚至要替"我"去北海道滑雪场收拾"那个家伙"。追求真正的浪漫的人,不被任何人当成对手,不被任何人珍惜,只是一个人坚守自己。这样的人,不为他人所知,一个人默默地承受着世界上的孤独和悲哀。他鼓励"我":"你们两个人走的是一条没有明天的路,所以你们一定要抗争。即使片甲不留也无伤大雅。本来恋爱就是那样一种东西!"

小惠从北海道回来后,我们又躲到"夹缝"里,关上盖子,就像藏在贝壳里一样,享受暂时的欢愉。我们躲藏到被窝里度过了圣诞节。在那里,"我"打破了原生家庭的魔咒,有生以来第一次说出了自己想要的东西:"我"要跟小惠永远在一起。那时"我"高兴得想哭。

年末,小惠丢下"我",只身一人回到北海道。"我"反复在心里嘀咕:她很快就会回来。在梦中,怪人木户直勾勾地盯着"我"说:"最后由你来决定吧!"别人的鼓励和支持固然很好,但是关键时刻,重要的决定还是需要自己来做。人生中所有事情其实都是如此。"躺平"、逃避都毫无意义，最终还得痛定思痛，果断前行。

在跟妹妹一起跨年时，"我"跟小惠约好了，如果红白歌会中白队获胜，"我"就去北海道看她。因为"我"喜欢她，毫无理由地喜欢。被窝里的那些东西在这个世界上是不存在的。烧光这个世界的咒语、偶然、冲动，永远无限接近的直线，等等，都是根本不存在的。但是事与愿违，伴随着新年的钟声，妹妹告诉"我"白队输了。这也许在暗示着什么。作品中类似的隐喻还有很多。比如平行的轨道、贝壳、紫菜饭卷、卷好的被窝等，都像是在证明两个人之间存在的"夹缝"难以填平。

在"我"和小惠的故事里，虽然主人公不清楚什么是正确的，但绝不放弃的想法一直存在。读者虽然不清楚两人的关系将会走向何方，但却能感受到一股绝不停滞的力量。这也许就是中村的文字的魅力所在吧。

作品的最后并没有明确平行轨道的发展，而是给了读者一个开放性的结尾:"我"打算朝大海的方向走,从那里沿着单轨列车线走向机场。他们两个人所描绘的幸福的终点到底是什么呢?是否会在"夹缝"中求得真爱呢?小说结尾为读者提供了广阔的想象空间。

孙淑华 郑爱军
2023 年 2 月 1 日

目 录

译序

夹缝中的爱情
1

愿我所爱欣然入梦
1

愿我所爱
欣然入梦

1

今年春天,有位女客座研究员从北方来到东京。

她在春寒料峭时离开了北方的大地,所乘坐的航班飞越津轻海峡和奥羽山脉,降落到羽田机场。她还给教授和研究室的其他成员带来了家乡的特产(六花亭的奶油三明治)。

"一提起北海道,好像……"在欢迎晚会上,我刚好喝完一杯啤酒,说道,"听说一到除夕,棕熊就会把咸鲑鱼放到门口,是真的吗?"

她眼珠滴溜儿一转,把焦点对准了我,眼睛笑得眯成了一条缝。紧接着大笑出声,然后又把目光落到我身上,声音洪亮地说:"是啊,类似于年末谢礼。"

"哎!那不错啊!"

"春天还会送蜂蜜,秋天也会送橡子。"

我马上想到:这就是典型的土生土长的北海道

人吧。

听说有个研究生要从北海道来,我就想:要是来个棕熊般的男生就太令人生厌了。但实际上来了个小巧玲珑的女子。跟棕熊比起来,更接近小山猫。

我们是在五天前认识的,此后每天在研究室见面。虽然我对她特别关心,但平时也仅仅局限于一些事务性的交流,所以一直都想和她进一步接触一下。

我觉得孤身一人来到东京的她还稍微有点紧张。不过,今天她让我们看到的是自然、淡定的笑容。

"烤橡子跟蛋黄酱是绝配,对吧?"

"对!"她露出了橡子炸裂般的表情,大声回应道。

"栲树的果实特别好吃,枹栎的话,跟啤酒很配。"

"真的吗?"

"真的。"

"我没被北海道人忽悠吧?"

"绝对没有,顺便告诉你栎树籽不好吃。"

"我完全分不清啊。"

看着她瞬息万变的表情,我觉得她太可爱了。闲聊时，我发现她的脸颊有些微微泛红，好像很兴奋一样。究其原因，我认为肯定是因为她来自寒冷地区，所以脸颊才会泛红。

开始喝第二杯啤酒时，我问她："从北海道来东京大约需要几周？"

"一个半小时就到了。"她强调了"一个半小时"的"一"和"到了"的"到"，脸上露出了愤怒的微笑。

她真是太可爱了，我想。她可能会成为特别受追捧的人，或许也不会达到那种程度。总之她的微笑应该是在那种境界之上。她伸出食指，露出令人难以分辨的微笑。

她身上确实充满了魅力，但不了解的人也许永远都体会不到。

于是，我开始用醉醺醺的大脑胡思乱想：如果今后这一年我们一直在一起，我也许会爱上她吧。如果那样，也许会发展成异地恋吧。一切皆有可能。不，也许现在就已经爱上她了吧。

我到底该怎么办呢？当我喝完第二杯啤酒时，心情特别舒畅。沉醉的大脑里浮现出"沉迷于爱情"这几个字。

从刚才开始我就非常兴奋,非常开心。她在旁边微笑着,好像也非常高兴。我想:这样真好,爱情的世界大概就是如此吧。

"齐藤惠真是一个不错的名字。"

"哪里不错?"她非常不满地问。

"非常好发音,又古朴雅致。"

"但是,我还是认为以前的姓好。"

"以前的姓?"

"嗯。"她答道。

她手里的啤酒已经所剩无几了。

今天的聚会是理工学院应用化学系的活体分析研究室举办的。研究生只有我们两个人,剩下的十四人都是大四的学生。刚刚进入研究室的他们正在围着教授开怀畅饮。

"不过……"她说着放下了酒杯,看了看我,停顿了一下,慢慢地说明了情况。

我边听边附和，时而还会提问。她边回答边看了我一眼，视线里并没有丝毫别的意思。在说话期间，她又点了果酒，我也加了啤酒。

我想：到目前为止，她也许已经做过很多次同样的解释了吧。我看着说话时有条不紊的她，心情就像给汽车慢慢降挡减速。

每当踩下离合切换到下一个挡位时，胸中就像转速表数值上升一样突然发热，然后慢慢降下来。

"是这样啊。类似学生结婚吗？"我问道。

"嗯。"

她毫不在意地看着我。至少看起来是那样的。

土生土长的北海道人齐藤惠（现用名），考上大学后不久，就开始和大三的学长谈起了恋爱。齐藤学长拥有滑雪师资格证，长得也还算帅气。另外，他冷漠孤单，爱吃醋，还是个摩托车骑手，喜欢风。

那位齐藤学长毕业后，到离大学稍远的地方工作了（那时她读大二）。听说她大三时，两个人就结婚了。

"你以前姓什么？"

"田中。"

"田中惠吗？……"

我觉得这个名字也不错。

研一的她要在我们研究室做实验，然后回北海道写论文。研二的我要给她介绍实验设备，帮助她搞研究。这样就很好。

"姓田中比姓齐藤好吗？"

"嗯嗯，绝对是姓田中好。"她爽快地答道。

"你说的是实话吗？"我放下啤酒杯说，"我觉得田中也罢，齐藤也罢，并没有什么区别。高桥也好，佐藤也罢，这一类东西都是一样的吧。"

"是吗？"她露出不满的表情。

"不过，根据姓名占卜的话，不如前面的好。"

"啊？还有那样的事？"

"绝对是姓田中好啊。"她特别强调道。

被她这样一说，确实觉得姓田中有些酷，不过，我还是觉得与姓山本、中田并没有什么区别。店内喧嚣不止，好像很多人的梦都掺和在一起播放一样。

"齐藤。"我第一次叫出了她的姓。

也许我想遇到的不是齐藤,而是田中。不过,这样也不错。

"这已经非常好了,因为当我第一次听到要从北海道来一个研究生时,马上就想到会是一个棕熊般的男人。"

"嘿嘿嘿……"

她笑得直不起腰。虽然只是一瞬间,却是非常可爱的笑容。

"北海道并没有棕熊般高大的男人。"她特意强调了棕熊的"棕"和北海道的"北"。

"不,有吧?"

"有是有,但比例和东京差不多。快给北海道人道歉!"

"在本州,"我喝干了啤酒接着说,"有像狗熊般的男人,但棕熊般的男人确实没有。"

"哇哈哈哈……"

她发出爽朗的笑声。

"但是,确实没想到会来一个小媳妇。"我又让附近的服务员加了啤酒。

"抱歉,来了个有夫之妇。"她确实露出了非常抱歉的表情。

已婚研究生……

"那多少有些奇怪。你是研究什么的?"

"活体分析化学。"她告诉了我她自己的研究领域。

"只研究化学吗?"我换了声调问道。

"嗯?"

她依然笑呵呵地看着我。

"小媳妇,你现在研究的只是化学吗?"我语气平淡,有些僵硬地重复着。

"啊?"她露出滑稽的表情,笑着说,"也研究美味咖喱的做法等。"

"啊,那很像小媳妇该做的事。"

"另外,还研究怎样让洗完的衣物不起褶皱。"

"是吗?小媳妇应该还研究性技巧之类的吧?"

"那些不研究。"

"不过……"我喝了不知道是第三杯还是第四杯啤酒后说道,"总之,是一个非常可爱的研究生啊。"

"请不要说有夫之妇可爱。"

我觉得这样就很好。

今后一年里,与教棕熊般的男人如何处理药品,还不得不和他一起吃方便面相比,这是件让人非常开心的事。

我希望我们俩在活体分析化学领域,甚至这以外的新知识领域不断探索。我觉得我跟她非常投缘。我们俩都是非常有意思的人,也许我们都想积极地来承担世界有趣的一部分吧。

聚会正好进行到了一半。我们还谈论了很多事情,比如:她送给我的奶油三明治非常好吃啦,研究的题目啦,在实验中使用的小鼠啦,我的出生地静冈啦,茶园啦,她的新婚旅行啦,克拉克博士啦,屯田兵的事情啦,世界三大夜景之一的函馆夜景,等等。

中途,她还要了其他种类的果酒。我也又要了两三次啤酒。

聚会接近尾声时，我拿起手机想确认一下时间，看到了妹妹发来的短信。

妹妹住在静冈，总是在我快要把她忘记的时候发来短信。短信名是《哇》。

　　大哥，大事不好。我发现我男朋友有劈腿的嫌疑！

我的小妹啊，还是那种事啊，我的小妹。我把短信给她看，没想到她还很开心。

"这样的内容可以给我看吗？"

"没关系的，不过，你觉得我怎么给她回复好呢？"

"'劈腿的嫌疑'怎么解释？"

我边听她说话，边给妹妹回短信。

她好像没有兄弟姐妹。

"如果有后续的话，告诉我啊！"

"不，大概不会有的。"

"为什么？"

"因为她呀,只有在被甩时才会来消息。这是我第一次听说她有男朋友。"

"啊?"

"被甩……"我的声音一下子就变了,"被甩的难道只有我妹妹吗?"

"嗯?"

感觉她在嘿嘿地笑着看我。

"那是怎么回事?"

"我最近也被甩了啊。"

"是吗?"

"嗯,就在最近几天。"

我觉得自己喝得太多了。我一边给妹妹发短信一边想:小妹啊,你哥我还没有表白就被甩了。对方是个有夫之妇啊。

> 小妹啊,首先你要把事实确认清楚,正确把握现状。然后再确定实施方针。

过了不一会儿，教授做了最后的总结发言，大家进行了最后的拍手喝酒仪式后，四月份的会餐就这样结束了。

"山田。"在去车站时，她叫了我的名字。这是她第一次叫我的名字。

"月亮！"

"月亮！"

我们俩几乎同时从高楼的缝隙间发现了倾斜的弯月。

"北海道那么远的地方，看到的月亮会不会比这里的小啊？"

"与其说小，倒不如说只能看到下半部分。"她呵呵地笑着说。

我也哈哈地笑了。

"我好久没这样笑了。"

"是吗？"

"嗯，好像这是来东京后第一次这么开心地笑。"

"我觉得自己好像说了很多失礼的话。"

"没有那样的事。完全没有。"

在去车站的路上,我们俩并排走在人群的最后面,能看到前面那些叽叽喳喳的大四学生。摇摇晃晃地慢慢走的话,就会觉得身体像气球一样软绵绵的,舒服极了。

"今后我们也要多笑啊!我每天都会跟你说很多有意思的事情。"

"能这样我非常开心。我也想跟你说有意思的事。"

"好期待啊!"

我想这样就很好。时逢春季,我和她都喝醉了,我们还只是刚刚认识。

在今后的一年里,我们虽然离得很近,但却会感觉时间很漫长吧。但同时,我也非常清楚,就像不知何时就会结束的暑假那样,当我们意识到的时候,就已经结束了。

◇

春天是万物复苏的季节。

北限的猴子离开温泉,从冬眠中苏醒过来的熊打了个哈欠,帝企鹅潜入大海,海鸥也开始呜噜噜噜地鸣叫。

与那个男人的相遇或许跟这有关系,也或许毫无关系。与她相遇前的一天,正值放春假的我,在品川的仓库里遇见了他。

我平时的时间都被实验、报告占去了,只能利用长假集中打工(在品川的超大型物流仓库干夜班,非常适合我)。

我已经在这里工作五年了。因为每次放假时我都会来这里打工,所以对其他打工仔来说,我已经是前辈了。因此,刚刚入职的那个男人对我使用了蹩脚的敬语。

"在下坂本,今后请您多多关照。"男人滴溜溜地转着眼珠,用滑稽可笑的话跟我打招呼。

这个自称坂本的男人,言谈举止整体来说有些滑稽可笑,态度也过于谦卑。从他使用的敬语来看,他好像非常不擅长跟人打交道。

"我会努力的。"男人最后只从牙缝里挤出了这句话。就在那一刹那,我与男人的目光电光石火般地相遇了。我的大脑深处瞬间闪现出"小混混"这个词。

那之后的每一天,他确实比任何人都工作认真。

他按时来仓库上班、接收传票、核对货物、跑着搬运货物。即使是不正规的指示,他也能准确地反复确认要点,出色地完成工作。他总是能安静、果断地干好自己该干的工作。

一到休息时间,他马上就不见了踪影。他好像会特意去人们都不愿意去的非常偏远的吸烟室,一个人在那里抽烟。因此,我们几乎没有谈论个人话题的机会。

也看不出他跟其他打工仔关系融洽的样子。但是,他出乎想象地和蔼亲切,如果有人遇到困难,他就会笨拙地靠近,帮助其完成工作。他虽然性格有些粗枝大叶,但人并不坏;虽然亲切,但感觉不像好人。

过了些日子,我们能稍微正视对方了。没想到他长着一双清澈的眼睛。

"坂本先生。"有一天,我这样称呼他。

"请不要对我使用敬语。"他扫了我一眼说,"在下万万不敢当。"

他比我大三岁。

"都已经这么长时间了,今后我们用对等的语气说话,好吗?"

"那是不可能的。"他顽固地说,"与此同时,请您以后不要再叫我坂本先生了。"

"那我怎么称呼你好呢?"

"请用编号称呼我。"

"怎么能这么称呼呢?"

男人的名牌上写着"坂本",下面的编码是"S0703012"。

"根本记不住。"我小声嘀咕道。

"是吗?如您所言。"男人露出了认真的表情。

"S0703012"虽然是一个奇怪的男人,但工作时却特别认真。因此,每天早上都会见面的前台大姨们非常喜欢他。

那个男人另当别论,深夜的工作平静如水,并没有什么麻烦。

原本这个工作就是把通常情况下在睡觉的时间变成钱的差事。不久,就能获得我需要的金额。

春假的最后一天(细想一下,那应该是我和她见面的前一天),休息时,我第一次去了吸烟室。我也不知道为什么要去那种地方。或许是因为命运使然,也或许是因为飞蛾扑火般的诱惑。

吸烟室是用透明塑料帘子隔出来的。偷窥那个烟雾缭绕的小空间,我发现那个男人正坐在正中间吸烟。从外面看就像一只被逮住的虫子。

我慢慢打开帘子。

"坂本。"

"在。"他瞟了我一眼。

"我可以坐在你旁边吗?"

"当然可以,请。"

我坐在他旁边,浓浓的烟雾很呛人,我眨了好几次眼。

"实际上,我在这里的工作今天晚上就要结束了。"

他露出了不可思议的表情。

"这……，难道你是因为我被解雇了？"

"哪有的事。"

不过，他是认真的。我不清楚他是出于什么目的才说了那样的话，但看起来并不像开玩笑。

"嗯……"我对他解释道。

每到假期，我都在这里打工。今天是春假的最后一天，接下来的暑假有些忙，所以就不来工作了。

他默默地听我解释。但是，我解释完之后，他还是沉默不语，也不看我一眼，只是盯着半空中的一点，不断地吐着烟圈，好像对此毫无兴趣。

我想那就这样吧。本来我就完全没有跟他解释的必要。大概，今生也不会再见面了吧……

深夜的吸烟室被寂静包裹着。在无声的空间里，只有荧光灯惨淡的光亮和扩散的烟雾。

"今天天气不错啊。"其实我跟他并没有什么话题。

"是吗？"他把吸剩的烟头按死在烟灰缸里答道。

在片刻安静之后，他说："确实得到了您的关照！非常感谢。"

声音很响亮。

什么？他说得到了我的关照，非常感谢？

"你会寂寞吗？"

他看了我一眼，露出了非常落寞的表情。

"多亏了你，我才能在这个容易产生麻烦的单位好好工作。"他拍了拍我的肩膀，"我真的很感激你。"

"哪里哪里。"我说。觉得好像今天是第一次听到他的声音一样。

"应该是我谢谢你。"

"你说什么呢？我们难道不是朋友吗？"

我听到了"朋友"这个词……

确实，因为今天我就要结束在这里的工作了，所以他也不需要再使用敬语了。这也合情合理。但到现在为止，他到底想干什么呢？在蹩脚的敬语背后，他到底想干什么呢？

"你叫什么名字？"

什么？他在问我的名字？

"我姓山田。"

"是吗？你姓山田啊！"男人好像非常钦佩地说。

是真的吗？是真的不知道吗？到现在为止我们交流了这么长时间，难道他连我的名牌都没看吗？

"顺便告诉你一下，我姓木户。"

我心想：什么？他说自己姓什么？

"你姓木户？你不是坂本吗？"

"告诉你吧，姓坂本是不可能的。"男人显得很滑稽，痴痴地笑着说，"我伪造了姓名，坂本是伪造的姓名。"

"不过，有必要使用伪造的姓名吗？"

"这个，你……"男人欲言又止，目光稍微躲闪之后，又落到了我身上。

"为了将来，为了有朝一日能出人头地。"

"出人头地？"

"是啊，也许还有用坂本之名可以干的事吧。"

"比如呢？"

"比如说敬语什么的？我也不清楚。啊，总觉得会有。"

不懂，完全搞不懂。

"木户。"我试着叫出了声。就好像知道了一种新虫子的名字。

"总之，你是木户，对吧？"

"嗯，我是木户。"

我不知道再说点什么好。木户又点着了香烟。随后，他"哦"了一声，从胸前的口袋里掏出了笔。

"有可以写字的纸吗？"

我把传票递了过去，他在那后面开始写着什么。

"今后你要是遇到什么困难，随时告诉我啊！"

他在纸上写上了电话号码和住址。

"没有邮箱什么的吗？"

"没有啊。"

"……"

"因为对你谎称自己叫坂本，所以我可以给你做火锅吃。"

我想：这都是什么乱七八糟的。难道我有什么困难时会给他写信吗？我会写上邮政编码，用舌头舔舔邮票贴上去吗？两个人会一起吃火锅吗？

"你姓山田，也是个不寻常的姓啊。"

我看着吐着烟圈的木户，呆呆地想：在这个世界上，还有很多很多未解之谜，实际上就连兔子的生态我都搞不明白。猫鼬实际上并不属于猫科动物，而属于獴科动物。姓坂本的人实际上姓木户。我觉得山田本来就是一个平凡的姓氏。不过，这些此时都已经不重要了。

越冬的松鼠开始收集橡子，小田原的缺点是逃课。集邮迷收集邮票，银河铁道的终点站是南十字星。我觉得那一定跟这些是同一类事物。

正值春季，深夜的仓库里聚集了各种人。真的是各种各样的人。

总之，在那年的春天，我遇到了两个人，一个人有旧姓，一个人用假姓。

五月。自从她来到研究室后，虽然我们每天都很忙碌，但却非常快乐。

我开始叫她"小惠"。齐藤也罢，田中也罢，如果都一样的话，那我认为叫她小惠最恰当不过了。她叫我"山田"。

称呼改变了，而我们每天依然忙于实验。实验假设确立后，我们就开始思考自圆其说的方法，接下来设定条件，测定数值，进行记录和解析，然后验证假设。

我在不断推进自己的研究的同时，还给教授当助手，并负责给大四学生的毕业论文提建议。她一边推进自己的研究，一边一点点地调整在东京的生活节奏。

我们俩几乎同时来学校，同时回家。一起照顾小鼠，一起穿着白大褂去食堂吃饭，天南地北地瞎聊。

"北海道真的有雪虫吗？"

"啊，我老家的房子周围通常都有雪虫飞。"

"是什么样的虫子？"

"与其说是在飞，倒不如说更像白色绒毛软绵绵地飘浮在空中。雪虫出现后再过一周左右，初雪就会降落。"

"好想看看啊。"

"真的很稀松平常啊。怎么说呢，就是一种颜色浅淡的虫子。看到它们软绵绵地浮在空中，会有一种郁闷的心情油然而生，一大群的话，是最恶心的。"

"是吗？"

六月。日照时间与日俱增。我觉得在每天进行各种交流的过程中，我们的关系也在慢慢拉近。

我脑海中浮现出了轨道。

两条铁轨画出优美的弧线，并且一点点靠近。相互靠拢的铁轨今后会怎样呢？……

"小惠，你毕业后是如何打算的？"

"打算回北海道就职。"

她好像每天晚上一到十一点就会给在北海道的老公打电话。有时我们会在学校待到很晚，一到时间她就会离开研究室，到走廊或者什么地方打电话。

"你那被男友劈腿的妹妹怎么样了？"

"啊，那之后没再联系过。"

"不担心吗？"

"并不是一点都不担心。"

"你要放在心上啊!"

因为她说非常感兴趣,所以我试着发了一条短信询问。大约五分钟后,妹妹发来了一条标题为《回复:无标题》的短信。

　　哥,没关系的,因为只有一次,所以我早原谅他了。

"啊?"她说。

"哦,她总是这个样子。"

"不过,这样很好。"

"是吗?"我问道,"即使犯了错,如果只是一次,也没关系吗?"

"那是他们两个人之间的事情。因为年轻,所以难免会犯错误。"

"哦,也许是吧。"

我想:犯错到底是什么呢?也有弄错的时候吧。

有时也会反省犯过的错误吧。不过，我觉得大多数情况下都是事后才得到肯定的。

也许是弄错了吧，但这样也很好……

截至目前，我并没有犯过什么大错。好像也并没有对自己失望透顶过，也没有做出伤害他人、无法挽回的事情。我总是祈祷自己不要犯错，希望自己永远正确。

"下次，我们一起去喝酒吧。"有一天，她向我发出邀请。

"等收集完研一学生的资料再去吧。"

"好啊，完全可以。"

转眼到了七月末，我们认识已经快四个月了。到现在为止，我们并没有因为私事在学校外见过面。

小妹啊，我作为哥哥也有不懂的事情。我想。正确和错误并不会位于跷跷板的两端。虽然是理所当然的事情，但正确包含着错误，错误的前提中也会有正确。

无论如何都会有我们不能选择的事情，或者我们不想选择的事情。不过，既然已经选择了，那自己只能认可。那样的事情，你一定能行，哥哥也一定能行。我一直这么认为。

到底要坐哪辆列车呢？在犹犹豫豫之中，春天马上就过去了。虽然并没有打算选择什么，也没有决定今后的路要怎么走。

事到如今，我也会想：当时不是已经决定好了吗？

◇

七月最后的那个星期五，整理完研究生的资料，我跟她去喝酒了。从学校回来的路上，我们去了车站附近的餐馆。

我们进行了深入的交流，笑声不断。谈论的话题跟平时并没有多大差异。她一喝醉，脸蛋就红扑扑的，非常可爱。

我想要付钱，她就轻轻地跟我撕扯起来。后来她说下次她请。我知道我们还会有下次。

过了一个周，我们决定周六再一起去喝酒。这是八月初的周六。

我们约好在新宿见面，她提前到了约会地点。这是我们的第一次正式约会。她混在人群中，侧脸看上去有些陌生。

从西口出来后，我上了樱花屋前面的电梯。玻璃观光电梯里挤满了人，每一层都会停一下。从电梯里往下看，地面上的景物越来越小。

在十二楼的一家店里，我们俩像以前一样，愉快地喝酒畅聊。我俩在下嵌式被炉前相对而坐，吃烤肉喝啤酒。我们笑着吃豆腐喝啤酒，笑着吃凉拌白萝卜喝啤酒，笑着吃烤鱿鱼喝啤酒。

下楼时，电梯里只有我们两个人。向外一看，地上的景物慢慢向脚下靠近。我俩默默注视着这一切。

然后，我们一起坐上了电车。我又开始考虑下一次约会了。上个周的周末、这个周的周末我们都见面了，我是否要提议在接下来的这个周末见面呢？……

可是，当时因为有别的事，下一次被取消了，很遗憾。

结果，又一个周六，我来到了这里。

那是一个阳光照不进来的昏暗房间。我从刚才就一直在想为什么要来这种地方。

房间被重低音包围着。一个男人在用吉他弹奏枪炮与玫瑰乐队的《欢迎来到丛林》。在轰鸣不断的扩音器旁，陈旧的电风扇转动着叶片。

我趁着副歌停顿的间隙大声喊道："太棒了！"

"啊，因为中学时每天都弹。"

虽然能听到电风扇的声音，但一会儿就被音乐声盖过了。

几个小时前，我还在自己的房间里。一想到她的事就百感交集，趴在床上痛苦挣扎。就在那时，我看到了那张旧传票——上面写着邮政编码和住址的传票。

"我可以给你做火锅吃……"

到目前为止，我一次都没有动过那张纸，甚至都没有想起过，觉得它和自己毫无关系。

"今后你要是遇到什么困难，随时告诉我啊！"

他谎称姓坂本,实际上姓木户,是个有些奇怪的家伙。其实,我并没有特别想见他,也并不是真的想见他。

这次去拜访他并没有什么特殊原因,只不过是我讨厌一个人闷在炎热的房间里罢了。不管怎样,我拿着传票站起来,打开电脑,开始上网查找路线。

"我们难道不是朋友吗?"

我离开房间时已接近傍晚了。在品川换乘京急线,在梅屋敷下车。穿过商业街,沿着一条很窄的小路拐了好几道弯,走了好一会儿。比较轻松地找到了叫"南风庄"的公寓,比想象中简单多了。

我估计他不在的可能性很大,不过房间里却传来了吉他声。于是我知道他在呢,并且也知道了他会弹吉他(当时弹的曲子是彩虹乐队的《聚光灯小子》)。

我按了好几次看起来不太好用的门铃,都没有人出来。稍微犹豫了一下后,我试着当当当地使劲敲门,敲了好几下,发出了很大的声音。

不久,吉他声停止,传来了吧嗒吧嗒的走路声。

门一打开，我一下子就看到了木户的脸。

"好久不见。"我有些紧张地寒暄道。

"哦。"木户简单地回应着。虽然有几个月没见了，但他一点都不惊讶。

"啊，进屋吧。"

我跟着他进了屋。

"这些是给你买的。"我把购物袋递给他。木户仍然"哦"了一声，简单地应和着，从袋子里拿出啤酒，一下子就打开了。

"你叫什么名字来着？"他咕咚咕咚地喝着啤酒问道。

"我是山田啊。"

"对啊对啊，好久不见。"

他"咚"的一声把啤酒罐放到扩音器上，倚着墙调试着吉他，在开始弹奏之前，又喝了一大口啤酒。吉他是黑色的莱斯·保罗，没有带保护拨片。

不久，他弹奏起了我耳熟能详的序曲，紧接着是激情昂扬的副歌部分，是枪炮与玫瑰乐队的《欢迎来到丛林》。

好像完全没有说话的氛围。我虽然到他家有一会儿了,但他却一直自顾自地喝着啤酒弹着吉他。

《欢迎来到丛林》一结束,他又弹了一遍。弹完又弹了一遍。

坐在矮脚餐桌前的我百无聊赖,全然没有被欢迎的感觉。

我也打开了易拉罐,一点一点开始喝啤酒。每次曲子进入高潮时,我眼前都会浮现出艾克索·罗斯高喊"莎啦啦啦啦啦啦、咦——"的样子。

这是一个略显昏暗、煞风景的房间。屋里除了扩音器、被褥、电风扇、矮脚餐桌之外,在左侧的角落里还放着一台陈旧的电视机。不过,我并没有找到遥控器。

我伸手按下电源,画面全是雪花,即使换台,也是一样的效果。

"电视已经不能播放节目了。"木户停下拨弦的手说。

不能播放节目的电视机和不出名的名人、存不了水的水库、凝固不了的混凝土是一类。

我依旧默默地喝着啤酒。乐曲再次被弹奏，我大脑里又浮现出高喊"莎啦啦啦啦啦啦啦，咦——"的男人。电视机旁放着不知道是几十年代的让人怀念的游戏机。

"这个，有什么可用的软件吗？"我大声问。

"没有。"木户停了一下，答道。紧接着又开始了轰鸣。

没有软件的游戏机就像没有放肉的肉包子、忘记唱歌的金丝雀、不去旅行的吟游诗人。

"下次，我给你带软件来。"我嘟囔道。

在喧嚣中，我想：还会有下一次吗？我无所事事，倚着墙看天花板，盯着白色的、裸漏在外的荧光灯的污渍般黑色的部分。从荧光灯上垂下一条蜘蛛丝般的线绳。

不久，曲子换成了克莱普顿的《蕾拉》。

木户把它演奏得圆滑柔美，有催人泪下的蓝调音乐的感觉。这非常出乎我的意料。他吉他弹得确实不错。

音乐响彻整个房间,浸入到我的身体里。

被音乐诱导着,我慢慢回想起了上周的事情。

上周六晚上,我和她边喝酒边说笑。

从六点多开始喝,一直喝到烂醉如泥。我们俩拼命地用"只有〇〇吗?"这个隐喻命题来造句。

"你想吃的只有烤鸡肉吗?"

"对,那就是隐喻。"

"现在,溢出来的只有啤酒沫吗?"

"你想吃的只有鱼吗?"

"用完了的只有电池吗?"

"滚烫的只有热茶吗?"

"容易迷路的地方只有新宿拥挤的街道吗?"

"咸咸的小吃只有煮毛豆吗?"

"完成了的只有报告吗?"

"想添加的只有甜点吗?"

"你计算的只有付款的金额吗?"

"不断加深的只有夜色吗?"

我们决定晚上十点左右离开酒店,结果稍微晚了些。

按照约定,她买了单。在收银台收到一千日元的赠券时,我就想:应该再也不会和她来这里了吧。不过,我们还是收了赠券……

在下楼的电梯上,只有我们两个人。电梯向下一加速,就感觉身体像浮起来一样,变得很轻。我们默默地盯着逐渐靠近的地面。

我们下了电梯,离开车站大楼,马上就走到了检票口。我们边躲闪人流边前进。一直到电车来,我们都没怎么说话。

电车上并没那么拥挤。我们俩并排坐在一起。她提醒我说有点喝多了,注意别忘了东西。

"这么晚了,没关系吧?"

"嗯。"

"今天晚上也很热啊。"

"嗯,太热了。"

"是吗?土生土长的北海道人和动物园里的白熊也许都会觉得东京的夏天很难熬吧。"

"并没有白熊那么痛苦。"

"啊,已经八月了。"

"嗯,太快了。"

"开始了的只有夏天吗?"我说。

她小声嘿嘿地笑着。电车一摇晃,我们的肩膀就轻轻地碰在了一起。

快到晚上十一点了。我知道一到那个时间点她就会给她老公打电话,所以我暗下决心,在那之前一定要离开酒店。不过,我们却拖到了极限。

她稍微抬起头,小声嘟囔道:"真开心。"

我也小声回应道:"嗯。"

我们又陷入了沉默,任凭电车摇晃。

我往后倚靠座位，后脑勺当的一下碰在了电车的窗玻璃上。我向旁边偷瞄了一眼，从头发的缝隙间能看见她白净的耳朵。她好像在闭目养神。

"小惠。"我在心里默念道。

她换了一下姿势，耳朵被长长的头发盖住了，侧脸非常漂亮。

"小惠。"我又在心里默念道。

我闭上眼睛，随着电车晃动，我们的肩膀不断触碰在一起。电车直奔东方。是喝醉了的缘故吧，也或许是摇晃的缘故，我对空间慢慢失去了感觉。

睁开眼时，窗外已经灯火通明。红色、绿色和黄色的光亮连成一线，通向远方。

"我喜欢你。"我小声说道，跟看见月亮时，小声嘟囔"月亮"是一样的语调。

后来，电车又开始摇晃，但我们的肩膀却没有相碰。周围只有电车运行的声音。就像雨水降落到无水的泳池，漫长悠远的沉默持续着。

电车安静地前行，窗外的灯火流向远方。

声音仿佛淹没在了电车的轰鸣声中。我心想：听不见吗？如果那样也很好。

我又想：是假装听不见吗？声音转瞬即逝。我认为如果那样也很好。

电车安静地前行，同车乘客好像都急着赶路回家。我觉得自己好傻，为什么突然说喜欢她呢？我并不后悔，但却觉得自己好蠢。

减速中的电车咣当一下猛烈晃动。

"我也是。"我听到了她轻声的回答。那是非常微弱的来自身边的声音，就像自言自语。

我向周围张望，一瞬间，两人的视线碰撞在一起。不知什么时候，她的视线又转向了前方。我慢慢地低下了头。

她的手放在离我十厘米左右的地方，到她下车的一站地期间，我一直盯着她的手看。

车一到站，她就低着头默默地下车了。

蕾拉，拜托啦，蕾拉——

歌中的主人公无数次祈求自己深爱着的蕾拉，我被感动得想哭。充满激情的克莱普顿之爱通过木户不断地重现。

木户的房间完全暗了下来。我站起来，拉下了荧光灯的开关线绳。在冷清地闪烁了一下之后，荧光灯把房间稍微照亮了些。

与她分开之后，我回到了自己的家，又喝了些啤酒，看着电视，确认新的一天已经到来，不久就酣然入睡了。

隔了一天，新的一周开始了。我不记得自己周一是以怎样的心情去的学校。

我打开研究室的锁，把小鼠和大鼠从笼子里放出来，然后启动电脑，跟上周没有任何变化。一缕阳光照进了室内。

她来的时候我该怎么做才好呢？我边看着电脑屏幕边发呆。

并没有什么可期待的，也没有什么可害怕的。我觉得真应该向她道个歉。这种心情也是如堕五里雾中，模糊不清。体内弥漫着一股浓雾。

等我意识到时，电脑已经休眠了。我敲了一下键盘，黑白画面转化成了工作表。需要分析的数据早已排在那里。

空调开始发挥作用后不久，两个大四学生来了。

"早上好！"
"哦。"我回应道。

为了调节空调的温度，我站了起来，并顺便去买了罐装咖啡。等我回来时，又来了一个大四学生。我边喝咖啡边看电脑时，教授来了。教授一放下行李，就把行程板上的磁石指针拨到了"教授会"那里。好像替换教授一样，教授前脚刚走，她就来了。

"早上好！"
她跟平时一样，很舒服地跟人打招呼。

她去瞄了一眼养小鼠和大鼠的笼子后，就坐到了离我两个座位之隔的电脑前。入座之前和平时一样，真的就像平时一样微笑着说："多谢。"

我感觉她好像在说"我们就如平时一样吧"。

到了十一点左右，我们俩开始商讨科研的事情。因为在一年级研究生做完报告之后，我们收到了好几个课题，也有好几个需要改变条件进行的实验。我们俩看着笔记，她提出了好几个提案，我也提了好几条意见。确定好实验条件后，我们结束了商讨。

午饭前，我邀请她去食堂吃饭，她露出了为难的表情，摇了摇头。

"不好意思，今天就算了。"

我一个人去了学校食堂，吃了猪排咖喱饭，回来时，她已经不在研究室了。她去哪儿了呢？不过，午休快要结束时，她按时回来了。

下午在研究室，我们的举止跟平时并没有什么两样。第四节课时，我们被教授叫去给大三的演习课帮忙。

一到晚上，她就先回去了，因为要批改小测验的卷子，所以我就留了下来。研究室里只剩下我一个人了，我坐在那里呆呆地陷入了沉思。

从春天认识以来，我们的关系一点点变得亲密。不可能有交集的轨道，正画着优美的弧线慢慢接近。不过，或许以前天为界，轨道又开始平行延展。

今后，永远平行的轨道无论到哪里都会延伸下去。

就像她希望的那样，今后一直平行走下去吧。那多么美丽、多么宝贵、多么美好啊！

可是……

那之后我们也没怎么说话，像被浓雾包围一样迷失了方向。我的情绪也无处发泄。

我们到了最接近的地方，从那里可以一直走向远方。那样的事文明人也许能做到。不过，那真的可能吗？那千真万确能行吗？……

就这样，从周一到了周二，从周二到了周三，一周时间就像在梦中度过了一般。

我们除了午饭不在一起吃以外,其余的和春天以来的日子都一样。然后,周六,我在这种地方,被音乐声、被蕾拉的爱包围着。

"山田。"在音乐结束的时候,木户安静地叫道。
"我要喝酒,你也一起喝点吧!"
"嗯。"
不是一直在喝吗?怎么还要喝呢?我想。不过我什么都没说。

木户把吉他立在吉他架上,关掉了扩音器的电源。扩音器发出了"嗡"的一声闷响,房间里只剩下了闷热。

他站起身,麻利地打开衣柜,把取出来的东西漫不经心地放在矮脚餐桌上,是鱿鱼丝和威士忌,还有两个杯子。

从衣柜里拿出了鱿鱼丝、威士忌,还有两个杯子……

"嗯?怎么了?"

"不，没什么。"

木户往杯子里倒了威士忌。

"凑合着吃点鱿鱼丝吧。"

"嗯，那我就不客气了。"

我们简单地碰了一下杯，就开始喝威士忌。杯子一倾斜，一股热流唰地一下直接落到胃里。

感觉木户不太善于言谈。他吊儿郎当地注视着半空，喝着威士忌，时而点上一支烟。

我一边嚼着鱿鱼丝，一边思考着从衣柜里拿出鱿鱼丝这件事。这比从被窝里拿出来还不可思议，但却比猫型机器人的出现要自然得多。

木户咕咚咕咚喝着威士忌。

"木户，你不是说过要给我做火锅吗？"

"啊，不过，我现在已经不在那儿打工了，也已经不是坂本了，因此也做不了火锅了。"

虽然不懂他说的话的意思，但我什么都没问。也不是刨根问底的时候，问多了，还会有很多麻烦的事情。我喝了一小口威士忌。

"难道你饿了?"

"嗯,多少有点。"

"我给你做饭吧,以前你那么照顾我。"

"做饭?有菜吗?"

"菜的话就吃盐水米饭吧!"

菜是盐水米饭。我回想了一遍。世界上还有太多的未解之谜。

"饭就不用了,可以给我用一下吉他吗?"

"哦。"

我倚靠着房间的墙壁,开始调试吉他。很多年没拨过琴弦了,我用手指试着弹了一下。我会弹的只有《被禁止的游戏》,不过,可笑的是,却莫名地跟这个房间的氛围很搭。

相比之下,他弹得非常好。热烈奔放的《欢迎来到丛林》,悲伤凄婉的《蕾拉》,来这里能听到这些就很值了吧。

埃里克·克莱普顿疯狂地爱着乔治·哈里森之妻帕蒂,据说《蕾拉》就是为歌唱此事而创作的。

喜欢日本的克莱普顿有时会来东京，去原宿的一家炸猪排店，据说他盛赞该炸猪排店为世界第一餐厅。不过，听说他点的却是炸鸡排。

放下吉他，我发现自己微微有些醉了。这个家里有很多让人匪夷所思的事情，我也有话想对克莱普顿说。身处这个房间，就觉得上周跟她的交流如同梦幻一般。

"尽管如此，这个房间却充满了紧张的气氛。"

"不过，你作为男人，最好要有一股霸气啊！"

"这是什么啊？"我指着放在电视上的像岩石一样的东西问。

"富士山的石头，富士山山顶的石头。"

富士山的岩石……，我咕咚喝了一口威士忌。

"想摸摸吗？"

"啊？"

"想摸摸吧？"

"……"

"想摸的话，可以摸摸。"木户用温柔的声音说。

我还是第一次听到他这样说话。

"它对我来说象征着骨气。"木户拿起岩石，微笑着递给了我。

我完全不知所措，稀里糊涂地用手捂了岩石十秒之久，接着又把它放回到原处。

"谢谢。"

"哦。还想摸的话随时都可以来摸。"

"好。"

我也许做得很正确，也许完全错误。答案不得而知，随风而去了。我又喝了口威士忌，想着该回去了。鱿鱼丝也所剩无几了。

"话说回来，你有什么为难的事情吗？"

"为什么这样问？"

"你是有事才来这里的吧？"木户点着了烟，噗地吐了口烟圈，"如果我能帮你，你可以随便问。"

出乎意料，他长着一双非常清澈的眼睛。我们一起打工时我就知道，他这个人不能巧妙地处理人际关系，讨厌拐弯抹角，是一个有人情味、温暖的人。

"说什么呢，没什么特别感兴趣的事。"我想我对什么都不感兴趣。

我又喝了口威士忌，盯着木户吐出的烟圈。

我根本没有想做的事情，也没有想看的画面、想聊的话题、想操作的控制器。餐具、空调、爱好、菜品等通通都不能使我产生兴趣。房间里充斥着深深的醉意和升起的烟雾。

"木户，我可以再摸一下那块岩石吗？"我说。

"哦，随便摸。"

我拿过富士山的石头，呆呆地盯着看。在这个一无所有的房间里，只有木户的石头如躯壳般存在着。

木户又弹起了吉他。这次弹的是投机者乐队的《管路》。

乐曲缓缓展开，让听众陶醉在美妙的旋律中，达到高潮后，弹出一个完美的结局，有名的乐章画上了终止符。

"咚踏咚踏咚踏咚踏咚踏咚踏，咚踏咚踏咚踏咚踏咚踏咚踏咚踏。"

我紧握着木户的石头说:"实际上,我是来跟你商量事儿的。"

"商量事儿?"他放下吉他,吸了口烟。

"你和连烟都戒不了的我商量什么事儿?"

"你戒过烟吗?"

"怎么说呢……"

"不是吸得很厉害吗?"

"对我来说,像戒烟这样需要毅力的事儿我已经放弃了。"

"那你做什么有毅力?"

"存钱。"

"多少?"

"二百万日元。"

"那么拼命地存钱,想干什么?"

"存三年的生活费。"

他边喝威士忌,边计算着。二百万日元除以三,一年六十六万日元多点,再把它除以十二。对喝醉酒的大脑来说,这是非常难的计算。

一个月五万日元多一点。

确实，对于他来说，这不是很难实现的金额。他打算用这三年时间干什么呢？我俩默默地继续喝酒。

"哎，你要商量什么事？"木户像突然想起来似的问道。

"不用了，已经不用了。没有什么事儿跟你商量了。"

"什么啊？说说看。"

"哦，是想商量一下恋爱的事儿。"

"吼吼——"木户像口里含着什么似的笑了。

"恋爱的话，我很拿手。"他的回答非常出乎我的意料。

"喝！"他又给我倒上了威士忌。

"可以了吗？好好听着啊！"

我连商量什么都没说呢，木户就开始高谈阔论了。

"恋爱的基本原则是'来者不拒'，你懂吗？"

"不……不明白啊。"

"你真是个混蛋。在人类这个物种里，在价值上具有绝对优势的就是年轻女子吧？"

"嗯，也许是吧！"

"自由恋爱是年轻可爱的女孩儿的特权。"

"……"

"像我们这样只有年龄优势的男人，实际上根本没有什么价值。所以，先把这个放一下，"木户接着说，"男人做到'来者不拒'就可以了。"

"那如果没人来，该怎么办呢？"

"被告白就认为'来了'，相互看了一眼就认为'来了'，那都是自由。因此，实际上都没有太大关系，还有比那更重要的事。"

他又喝了一口威士忌。

"那就是'去者不追'，到昨天为止，无论多么迷恋对方，无论多么相爱，都必须做到'去者不追'。如果连这点都做不到，是不能谈恋爱的。"

"来者不拒，去者不追"……。我看着木户的石头。

那样的话，拴住恋人的是什么呢？或许，没有人可以做到那样吧……

我突然感觉好可怜，紧紧地握住木户的石头。

"我有喜欢的人啊!"我说。

好像已经喝醉了。

"我已经神魂颠倒了,已经被迷住了。"我把杯子里的威士忌一口喝干,就觉得大脑深处发出"咕咚"一声响。

"什么?"木户问,"怎么不早说?"

"能给我一支烟吗?"

"哦。"

我接过他递过来的烟,慢慢点着。大概有五年没有吸烟了,一吸就觉得大脑深处发出"咣当"一声响。

我吸着烟,重新握好石头,开始慢慢地陈述。

"我有喜欢的人了,虽然她已经结婚了,但是我非常爱她。我俩从春天开始关系一直很好,上个周我向她表白了……"

在我说话的过程中,木户弹起了吉他。就像添加背景音乐一样,就像栖息在大海里的动物的鸣叫声一样,优美的旋律在不断地回旋着。

相互靠近的轨道又变成了平行状态,我觉得那样也行,但是我却非常痛苦。我该怎么办呢?我非常痛苦……

我边说边想:为什么要对他倾诉这些呢?这首优美的曲子叫什么来着?她为什么已经结婚了呢?……

有了喜欢的人是一件非常快乐的事,但是,我现在却像丢了魂一样,不知道该怎么办。

从我自己嘴里说出来的话,竟然像跟自己毫无关系的符号一样。我就像一个条件不成熟的环形程序,无论怎么倾诉都找不到出口。这是理所当然的。因为没有出口,所以我才身处这里。

不久,音乐慢慢停止了。房间再次被令人头晕目眩的醉酒和烟雾支配。

"放弃吧!"他说。

"你们正在急速地接近,但轨道是平行的,近得就像手拉着手一起散步一样,不过,那不是很好吗?"

"……"

"有分寸的恋爱才是最美好的恋爱。"

他一口气把威士忌喝干了。

"如果是在数学领域，就能很容易定义永远不断接近的直线。即使到了宇宙的尽头也绝对不会相交的两条直线，却在不断接近。不过，非常遗憾的是，这样的事在现实世界中是不存在的。"

这完全出乎意料，我听到了有价值的话。这些话就像渗透到了沉醉的大脑里一样，我心情好多了。

我认为前辈还是前辈。无论如何我都那样认为。

"实际上是不存在的吧？的确是不存在的吧？"

"嗯。"

男人嚼着鱿鱼丝，那是这个房间里的最后一块鱿鱼丝了。

"这个世界上，只有偶然和冲动。"我想。

我认为光讲道理的家伙是人渣。任何时候，跟让人信服的道理相比，我更需要这样强有力的、让人振奋、给人力量的话语。

"如果世界上只有偶然和冲动的话，也许会出现那样的直线吧。是那样的吧！"

"哦，也许是吧。"他突然变得非常和蔼。

"也许会变成那样的吧！像我们这样，或许能等到奇迹出现吧！"

他用清澈的眸子盯着我。

他这个人……，我想。

他这个人明明不擅长说敬语，更不擅长集体生活，却在深夜的仓库里低三下四地干活，就为了每个月能攒下区区五万日元。在如此昏暗的房间里，他露出如此和蔼的表情，对我这种人如此亲切。

妹妹啊，你能明白木户的骨气吗？你能紧紧拥抱长期不被任何人信任的那种悲哀吗？我突然想到。

我有点想哭。也许只是醉了，但我真的快要哭出来了。

"前辈，木户前辈。"

"干什么？"

"我好喜欢啊！"

"喜欢什么？"

"曲……曲子。刚才的乐曲叫什么？"

"拉里·卡尔顿的《Room 335》。"

"《Room 335》……"

无论何时,他都会在这间屋子里,一直坚守着自己的温柔和坚强。他一直一个人在这间昏暗的屋子里……

"木……木户,木户前辈。"

"你想干什么啊?"

"请跟我握一下手吧!"

我伸出了右手,木户看着我的眼睛。

"前辈,我也不知道自己想干什么,不过,请你一定要坚强啊!"我边流泪边说。

我确实喝醉了,完全喝醉了。木户热情地握着我的手。

"哦。你也是啊!"

我们俩长时间紧紧地握着手。我们都完全喝醉了。木户的手宽大温暖,还汗津津的。

终于,两只热情的手慢慢分开了。

木户咔咔地搓着十指,悠闲地开始吸烟。不断升腾的白烟挡住了视线,我咕噜一下躺了下来。

我想到了蕾拉……我想就这样睡着。蕾拉，拜托你了，蕾拉。一起去吃炸猪排，分食圆白菜吧，蕾拉，蕾拉……

我的意识沉入到深深的海底。不过，在我快要睡着时，突然传来了一个声音。

"喂！"这个声音响彻夜空，"你现在马上回去吧！"

"为什么啊？"

"我这是跟你学的。"木户开心地笑着说。

"跟我学什么了？"

"握手啊！也许握手是对的。你马上去找那个女孩，跟她握手。"

"你是说握手吗？"我起身看着木户。

"不好吗？饱含激情，把你所有的感情都倾注在握手上。"木户用非常爽快的表情看着我。

"把想对她说的话全部说完之后，爽快地跟她握手。站在对方的立场，理解对方的心情，把所有的一切都倾注在握手上，用力紧紧地握，同时也要让她舒服，然后露出笑容。能够解决问题的只有握手。把你的感情都倾注在握手上。"

木户的话让我沉醉的心情好了些。

握手。确实,我和木户通过刚才的握手,好像完全明白了对方的想法。握手。如果能那样握手的话,我觉得再没有值得恐惧的事情了。

"哎,快去啊!"

"好的,我走了。"

"喂,使劲地握紧。"

"前辈。"我说,"我可以再来这里吗?"

"哦。"木户笑了,脸上挤满了皱纹。

"下次来的时候,给你买肉吃。"

"好的,买肉吃啊!"

"钥匙就放在信箱里。"

"知道了,在信箱里,对吧?"

"好啦,快去吧。"

"好的,使劲地握,对吧?多谢!"

我们再次握手。木户的手温暖而柔软。

我踉跄着刚要出门。

"等一下，稍等一下。"我被他叫住了。

"把这个送给你吧，等一下。"

木户递给我的是富士山岩石的碎块，虽然有点小，但那确实象征着木户的骨气。

"这……这么珍贵的东西可以给我吗？"

"啊，我们是朋友嘛。"

我握紧石头，瞬间热泪盈眶。

可以有这么开心的事情吗？

木户前辈崇高的品质现在就装在我的衣兜里，我已经没有什么可犹豫的了。

我觉得我喝醉了。当时的我们，都彻底喝醉了。

"那么，前辈，我先告辞了。跟她握手去。"

"哦，你要果断行事啊！"

木户目送我出了房间。

迈出第一步，就像迈向黎明前的森林。我想先去坐电车。我要用握过木户的手去好好地握她的手。迈着蹒跚的步子，我向她的住处走去。中途，我几次回头看他的房间。关于时间、温度、赶路的感觉都消失得无影无踪。不过,那已经无关紧要了。方向感、途经的道路、空腹感、不能看的电视、饭菜、乔治·哈里森的妻子……,所有的一切都跟我毫无关系。

我不清楚自己到底是怎样来到这里的,当我恢复意识时,已经在梅屋敷车站了。站内空无一人,只能听到乌鸦的叫声。

当然,电车还没有开始运行。我蹲在车站入口处的卷帘门下。

不过,第一班电车应该马上就要来了。

2

毋庸置疑,那天,我完全没有理由去她的住处跟她握手。与其这样说,不如说酩酊大醉的我能平安无事地回到家就已经是个奇迹了。或许真是富士山的石头在引路吧。当天,我好不容易回到了自己家,倒头便睡。醒来时已经傍晚了。一起床,就感觉大脑里发出"哗啦"的响声。我喝了点水又躺下,还是一样的感觉,只是变成了"砰砰"的响声。我折腾了一会儿,不知何时又睡着了。再起来时,正好是周一的早晨。

我起床后,收拾一下东西来到大学。就像什么都没发生过一样,是很平常的一个夏日。当碰到牛仔裤裤兜里的石头时,我才想起了三十个小时前发生的事。

在学校里被空调的冷气一吹,感觉在那个房间里发生过的事就像梦一般。木户的存在就像是虚构的,如同城市传说或者松尾芭蕉的"忍者说"之类的。

八月，大学里的风景跟以前比没有任何变化。她依然给人很好的印象，大四的学生也依然叽叽喳喳。一到下午一点，草坪中央的喷泉就会喷水。

结束了炎热的一天，新的一天又到来了。在刺眼的阳光下，我每天都要去学校。虽然觉得好像忘记了什么大事，但平静的研究生活一如既往。

早上来到研究室，我先把小鼠和大鼠从笼子里放出来。

身长七厘米左右的小鼠，长着圆圆的红眼睛，身白如雪，非常柔软可爱。因为禁止用手抚摸它们，所以我只能一直盯着它们看。

大鼠比小鼠大一些，非常狡猾，能够自己从笼子里逃出来。有时会做出驯服、亲近人的动作，也很可爱。

我打扫完它们的房间和笼子，添加好饵料之后，来到隔壁的房间，打开电脑。

我白天主要分析数据、写论文。然后去给教授的演习课帮忙，指导大四学生写毕业论文。教授每天都很忙，几乎不来研究室，只跟我们要实验结果报告书

（我作为研二的学生，负责研究室的管理和运行）。

到了傍晚，我把小鼠和大鼠关进笼子，锁好实验室的门后，坐电车回家，然后像老牛一样睡觉。不过也有睡不着的时候。

有一天，我跟她说："我喜欢你。"

她回答说："我也一样。"

但是，就结果来说，我认为我们之间的关系并没有发生什么变化。我们每天互开玩笑，逗彼此开心，但有时觉得不如以前愉快了。我认为那都是她不好。

偶尔兴致来潮，我会悄悄地一动不动地盯着她的眼睛看。被她发觉时，我们就会各自把目光变得温柔些。我整天郁闷，无法忍受，无法排解。我们还什么都没开始，却整天像被悲伤的残骸笼罩着……

房间里的桌子上放着那块石头。它好像在平静地告诉我：木户并不是城市传说，写有木户住址的字条就压在那块石头下。

我想起了木户。

从那天开始，我一直非常痛苦。自从在电车上说了我喜欢她之后，无论是我们在一起的时候，还是我一个人的时候，我都非常痛苦。其实，从很久以前开始，我就一直非常痛苦。

前辈……，我并不想握手。我不认为会因此变得轻松快乐。我真的不想握手，我不想那么直接……

那天，我认为这是一块非常宝贵的富士山的石头。不用说，现在再看，只不过是块稍微有点脏的普通石头罢了，但是又没有理由扔掉。我一个人唉声叹气。这样一来，房间里增加了一丝郁闷。

不过，有一天我凝视着石头，想起了一件事。

在老家的什么地方，放着我小学时沉迷过的游戏软件。于是我给妹妹发了邮件，告诉了她木户的名字和住址。

好妹妹，无论如何，希望你找到它寄过去。麻烦你寄到这个地址。

我觉得要是东西寄到了，木户家的游戏机就有了存在的意义。我想起了《森林里的金丝雀消失了》这首歌。吟游诗人能够出发去旅行吗？

桌子上的石头沉默不语，或许它在安静地思念故乡富士山吧。

◇

教授结束了长长的默哀，抬起头把目光落在遗像上。

"在活体分析化学领域，实验动物们发挥着巨大的作用。"

在八月最后那个周六，研究室给小鼠和大鼠举行了慰灵仪式。教授、系主任和大四学生都穿着丧服来参加了。悼念死去的实验动物，是一年一度非常重要的活动。

"在这里，我们想再一次确认实验动物学的'3R原则'。"教授继续读悼词。

"Replacement——尽量使用能够代替动物实验的方法。Reduction——尽量减少使用动物的数量，提高实验动物的利用率和实验的精确度。Refinement——尽量减少动物的精神紧张和痛苦。按照这一准则，在我们学校设立了特别委员会。"

我们的研究是为了帮助人类。尽管如此，也不能简单地把牺牲动物的行为正当化。虽然这绝不是最好的方法，但在现阶段，通常条件下是被允许的。在万不得已的情况下，我们才不得不使用动物。

"我们正是牺牲了大量动物的生命，才构筑了今天的生命科学和医学的基础。这一点我们绝对不能忘记。"

以前，我正想给小鼠做麻醉的时候，突然被它咬了一口，出血了（通常情况下，小鼠是不会咬人的）。所以我只能认为小鼠好像预感到了什么。

其实，使用小鼠和大鼠做实验是非常残忍的行为。无论列举出什么样的理由，做了多少比较，都不能简单地下结论。我觉得那一瞬间，我的身体比任何时候都抗拒牺牲动物这一行为。

悼词一结束，系主任作为追悼会的主持人，又开始接着发言。

我们有时候不得不做与自己的感情相矛盾的事情。我们之所以接受这样的工作,来进行研究,是因为我们坚信自己在一步一步地接近理想。虽然与理想之间还有很大的差距,但是,至少我们采用了靠近理想的方法,至少我们没有麻木不仁,而是在慎重地考虑代替手段,考虑与应得成果之间的平衡关系。我们规定了必要的最低次数,设定了最适当的条件,然后做成文件,让很多政府官员和大学教授来确认,最终获得了委员会的认可。

我们从小时候,比如吃药时,就间接地受益于鼠类的生命。现在,我们是直接获得鼠类的帮助。

在冗长的致辞之后,会场里开始播放诵经的磁带。我们向小鼠和大鼠的遗像献花。

也许有人会觉得装饰鼠类的遗像并进行悼念是很荒唐的事,但我们确实在认真地进行祈祷。我们能做的只有这些,并且我们明白被救赎的是我们自己。

我们按顺序对着遗像双手合十祭拜,并且上香。

全体人员都上完香，我们转移到另一个房间。

在泪眼婆娑的大四学生里，我发现了低着头的她，她看起来好像哭过。

她的研究领域是分子生物学的分析系统。如果能够把这方面的成果应用到具体的实验系统上，那在制药等领域就可以减少动物实验。因为她选择了做这样的研究，所以才不远万里来到了设备非常完备的大学。

在另外的房间里，教授又开始了冗长的讲话。内容包括：围绕动物实验近些年的状况，我们现在必须要考虑的问题；最新发布的行业准则；过去是这样，将来有可能转向哪个方向；等等。

当天，教授非常健谈。包括没穿丧服的大三学生在内的二十多人都默默地洗耳恭听。他的话一讲完，我们就开始收拾。

事后，我们来到了大学附近的饭店。顶着下午两点多钟的烈日，在教授的带领下，整个团体排着长长的队伍前进。头顶上的知了在不停地拼命鸣叫。

一到饭店，我们二十多人就各自散开，坐了下来。

站在队伍最后边的我坐在了剩下的左侧的座位上。

大家就座之后也没怎么交流，即使有人稍微开口说点什么，也马上就停止了。不一会儿，清凉的啤酒斟满了杯，大家纷纷开始喝酒。

已经错过饭点的午饭上来时，这种沉闷的气氛才得到缓解。饭菜类似怀石料理。坐在右边的大四学生开始跟我搭话。

"山田前辈，你去年也参加这样的慰灵仪式了吗？"

"嗯，参加了。"

"今天，关于某些事情，我进行了一些思考。"

"啊……"我边回答，边喝着啤酒吃着料理。

"因为我还没有使用乙醚做过实验，所以追悼会上我并没像大家那么悲伤。"

"是吗？……"

男孩子们已经喝得满脸通红了。我抬头环顾了一下会场，发现她坐在右边最靠里的位子上。

"我想……"

如果拿象棋打比方的话，她所在的位置是马跳一步、兵走三步的位置。坐在那里的人能很好地听到教授讲话。

我觉得我跟她离得太远了，感觉不知不觉中我们俩人已经离得太远了。

"你觉得今天诵的经怎么样啊？"坐在右边的大四学生又开始没话找话。我看了一眼已经没了泡沫的啤酒，慢慢地喝了一口。当我抬起头时，正好偶然和她四目相对。

"不过，小鼠所信奉的也许是其他形式的宗教吧。"

那天，不知为什么，我的视线并没有躲闪，而是直视着她，差不多盯着她看了两秒钟左右。我们确实有过短暂的对视。

"今天，我们……"右边的大四学生喋喋不休。

"小惠。"我心里默念着。

我想和她说话，我想到她身边和她说话。我觉得穿着丧服在认真听教授讲话的她的侧脸非常遥远。

我意识到我们不知不觉之间已经离得太远了。

会餐结束后，我们原地解散。离开饭店时，每人都收到了一小袋辟邪用的盐。

其余十九个人直接去了车站，只有我和教授一起回了大学。我和教授在路上进行了简短的交流。到了大学，我去向经常帮助我们研究中心的工作人员表示了感谢。

然后，我就回到了研究室，开始写慰灵仪式的报告书。在空无一人的研究室里，有人发来了传真。

明天八月就结束了。我写完报告打印出来的时候，发现外面天已经微微黑了。跟炎热没有什么关系，按照日历，白天应该一天天缩短了。

在离开研究室之前，我去了实验室。

在实验室的一角，有一个简易的无菌室，那里有饲养小鼠和大鼠的设备。在入口处进行消毒后，穿过塑料门帘，进去后就只有我一个人，剩下的就是小鼠和大鼠了（细菌也几乎不存在）。

我看了一眼笼子，打开隔门。大鼠自己就回到了房间里。在这样舒适、温暖的房间里，大鼠们会做什么样的梦呢？

另外，虽然我打开了隔门，但小鼠却没有一点要回笼子里的意思。我远远地眺望了一会儿躲在栅栏一角舞动着弱小身体的小鼠。

"小惠。"我小声地叫道。声音在无菌室里消失得无影无踪。

"我喜欢你。"我试着出声说。我觉得自己的大脑有点不听使唤了。

我把小鼠关进房间，打扫完笼子的卫生，走出饲养室，开始在记录本上记录温室的温度和湿度。我看了一下窗外，天已经完全黑了。

我又简单地打扫了一下室内，然后离开了研究室。把事务所的门锁上后去了车站。十米、九米……，随着电车的晃动，我开始思考。春天，我和她相遇，我们的关系一点点变好。四米、三米……，我们之间的距离也在不断缩小。

到了夏天，我觉得我们之间的距离只有一米了，但是，我们却在那里停滞不前了，我也清楚我们之间的距离到底有多遥远。虽然看似近在咫尺，实际上却远如千里。我们在无限接近的过程中，突然停滞不前了。

下了电车，我开始往家走。走在夜路上，总有骑自行车的小学生超越我。

到了家门口，我撒了辟邪的盐才进屋。把丧服挂在衣架上，穿着衬衣就上了床。我深深地叹了口气，那样躺了一会儿后，不知不觉就睡着了。醒来的时候，已经过了晚上十一点。

她还在像往常一样给她老公打电话吗？……

我坐了起来，又深深地叹了口气。虽然想不起来了，但却觉得做了一个没有结尾的奇怪的梦。好像梦中出现了巨大的球、狭窄的道路，以及有名的人。

我想去一趟便利店。起身来到浴室，冲了个热水澡，简单地擦拭了一下身体后，穿上了T恤衫。

我只带了钱包就出门了。没有吹干的头发被外面的风一吹，心情无比爽快。我抬头看了看天空，没有星星。路上遇到了出来散步的狮子狗，它在主人旁边背对着夜空，安静地一步一步往前走。

在便利店里，我翻看了一本杂志，买了鲑鱼罐头、黄油、花生米和三瓶啤酒。店里一直播放着轻快的音乐，但有时也会被女播音员播放的"无添加"寿司的宣传广告覆盖。

从店里一出来，就看到刚才那只狮子狗被拴在了门口的柱子上。

我们还会再见面吗？

再见面时，它还会像往常一样突然跑过来吗？狮子狗一直盯着远方看。

我蹲下身子抚摸喘着粗气的狮子狗，它用黑黑的眼睛慢条斯理地看着我。

啊，原来是你啊。

它就像回应我一样看着我，接下来就又盯着前方看。全身都是褶子的狮子狗在日本过夏天是非常痛苦的吧！

博士，无论如何都要长寿啊。

我对狮子狗说了声"再见"，走在了夏日夜晚的街道上。给狮子狗取名为"博士"，给杜宾犬取名为"团长"，对它们来说，这些外号非常合适。我仰头看着天空，拿出了手机。

　　明天，我们在以前一起去过的餐馆见面吧。我想跟你聊天。

这是我写给她的短信。如果按一下发送键，不用两秒她就会收到。但是，我却做不到。我回到房间，打开电视，靠在床上开始喝啤酒。我一会儿吃鲑鱼罐头，一会儿又把花生米放到嘴里。

不知不觉中，新的一天到来了。今天是星期日，八月也已经结束了。

喝第二瓶啤酒的时候，我开始重新写短信。

　　今天晚上，我们在以前一起去过的餐馆见面吧。我想跟你聊天。

我觉得必须要跟她聊聊，我想跟她说说话。

到现在为止，我到底在干什么呢？我们每天打招呼，总是一起商量实验的事情，偶尔互开玩笑，也会一起开怀大笑。但是，我觉得自从那次之后，好不容易建立起来良好关系的我们开始渐行渐远了。

我反复看了很多次写完的短信。我想跟她聊聊天，这也不是不可以吧。聊聊我自己思考的事，她所想的事，等等。我想跟她好好谈谈我说"喜欢你"，她回答说"我也一样"这件事。以前，我每天都跟她说"我们说点有意思的事吧"，她每次都回答"我也想说"。我认为我们俩之间要好好交流一下。

我闭上眼睛喊"小惠"，大脑里浮现出了她的脸庞。她曾经对我说"非常抱歉，我这个研究员是个有夫之妇"，并嘲笑我说"溢出来的好像只有啤酒沫"。她穿着丧服低头不语。

思前想后，我还是没有把短信发出去，我开始喝第三瓶啤酒。

等我意识到的时候，电视已经不播放任何节目了。我打开随身听，开始播放上周刚买的拉里·卡尔顿的

《Room 335》。

音乐就像潜入深海里一样,缓慢地在房间里传播。窗外已经开始泛出鱼肚白。

我虽然还记得喝完第三瓶啤酒时的事情,但却不知不觉睡着了。

醒来的时候已经快到中午了。随身听里还在播放着《Room 335》。

我拿过木户的石头,紧紧握在手里,突然想到这也许就是某一天的继续吧!那天,我离开木户的房间,真的非常想去见她。那天我听到的音乐,现在还在播放着。

我拿过手机,又看了一遍昨天晚上写的短信,在心里默默地呼喊"小惠"。

我已经没有什么可以犹豫的了,于是我按下了发送键。

为了跟她见面,快到晚上十点时,我来到了车站附近的餐馆。

听说她为了还借来的丧服，去横滨的表姐家了。她回信说"回来时也许得晚上九点以后了，可以吗"，过了一会儿她又联系我说"看样子得晚上十点半左右了"。

我想既然提前来了，就先把饭吃了吧。于是我吃了海鲜意面，喝了冰茶，然后开始胡思乱想。

她来之后，我们谈点什么好呢？我想向她表达什么呢？要以怎样的表情、怎样的微笑见她好呢？……

我觉得这样的事情好像在上个世纪就已经决定好了，但又觉得好像什么都没有决定。在嘈杂的店内，我想环视一下周围，可是，就像透过弄错了像差的镜头看事物一样，所看到的画面模糊不清。我的思绪开始向周边扩散，就像一点都没对准中心的唱片机的针头。

服务生安静地收拾着空碗盘。我又加了冰咖啡。

再过几个小时，星期日就要结束了，九月即将开始。跟她认识已经六个月了。

不久，冰咖啡上来了，放在了我的面前。我一握铜制杯子的把手，金属的触感冰凉透心，让人心情愉快。左侧靠里面的墙壁上挂着一块很大的电子显示屏，正在播放英格兰足球比赛。

旁边座位上的男女正在热烈地讨论着什么。我一边喝着冰咖啡，一边稀里糊涂地偷听她们谈话。

"是那样的。"女孩说。

"啊！"男孩说。

"是的，对吧。"女孩说。

"不好意思，没有马上来。"男孩说。

"不过，颜色非常漂亮。"女孩说。

两个人好像去看写真展刚回来。

"我非常想捕捉到她那一瞬的状态。"

我向周围扫了一眼。男孩下身穿着紧身牛仔裤，上身穿着宽大的、看上去轻柔光滑的棉麻衬衣。

女孩说："这次虽然看到了喜欢的照片，可是……怎么也发现不了想拍的东西，好想要那种有争议的作品。"

女孩好像希望男孩提出一些建设性的意见。她穿着浅蓝色的连衣裙。

接下来男孩提出了令人吃惊的见解:"去纽约不错。"男孩胸前的项链闪闪发光。

"自己心中的风景应该会改变吧!"男孩温和地微笑着,嘴角露出了赞许的表情。

"你是说纽约,对吧?……"女孩好像对男孩的建议感同身受。

"怎么说呢,我觉得那里的街上充满了能量。"

"是吗?我想去伦敦看看。"

"啊!我认为伦敦也不错,非常好。"

"是吗?"

女孩好像叹了口气,又深深地呼了口气。坐在旁边的我也叹了口气。

真让人郁闷啊!日本到底会变成什么样子呢?……

如果去纽约的话,两个人心中的风景就会改变,也就能发现他们想拍的照片,得到有争议的作品了吧!不过,这些都与我和木户毫无关系。我们并不想搭理他们。

他们俩后来还在喋喋不休地谈论着道听途说。过了一会儿,他们就走了。店内虽然仍旧嘈杂,但却没有了说话声。时间已经过了晚上十点半。不久就会到她给"北海道"打电话的时间。

不知为什么,我认为她也许不会来了。铜杯子里的冰已经完全融化了。

大屏幕上,穿着红色运动服的球队取得了胜利,得分队员欢呼雀跃。我刚想再要一瓶啤酒,往入口处一看,发现她来了,我大吃一惊。

她刚进来,在翘首寻找我。眼光在店里左右巡视的她终于发现了我,向我点了点头,慢慢走了过来。

我慢慢地吸着冰咖啡,发出"咝"的声响,冷空气也随着咖啡一起被吸进嘴里,杯子里的咖啡已经喝光了。

"非常抱歉,我来晚了。"她坐在我对面,表情僵硬地说道。

她向走过来的服务员点了杯拿铁咖啡。我也点了相同的。不知道为什么,总觉得看不懂她的表情。

"不打电话,没关系吗?"

"啊!"

她有些难为情。

"刚打完。我和他说马上要去洗澡,洗完之后就睡觉。"

我想为什么要这样呢?为什么?我为什么要问那样毫无意义的话呢?到现在为止,我一直装作毫不在意,可是……

"那个……"我说。

"你说。"她直视着我。

我也看着她的脸。

"我有话想对你说。"

"我也是。"

我意识到我们俩这样面对面坐着,互相看着对方说话,并不是一件很难的事情。就像古老的唱片机再一次开始转动一样,我和她的时光得以重现。两杯拿铁咖啡被安静地放在桌子上。

我们开始谈论的话题竟然跟木户有关。虽然一开始我并没打算谈论他,可我却直截了当地开始了。

"我在打工的地方遇到了一个特别奇怪的人,他送给了我写有他家地址的纸片。我试着去他家拜访,却传来了乐曲《聚光灯小子》……,接下来……"

"盐水泡饭?"

"是的,他说盐水泡饭可以当菜吃。"

"太神奇了。"她呵呵地笑了。

我一边想为什么要跟她说这些,一边继续聊天。我讲到了富士山的石头,不能播放节目的电视,吱嘎乱响的扩音器,还有从衣柜里拿出鱿鱼丝,等等。

"不过呀,我去跟那个人商量了。"

"商量?"

"是的,我跟你的事。"

"嗯……"

我如数家珍般地把我跟木户商量的事情说给她听。因为说的是木户的事情,所以我口若悬河。

"很高兴能遇见小惠你。我喜欢和你在一起时的自己。那时候的自己非常有趣,不过,我觉得我还能更有趣,我还能更温柔体贴。即使是打不开的盖子,我觉得我也能打开。因此，我喜欢你，无论如何我都喜欢你。"

就连我都对自己流畅且非常大胆的话语感到惊讶。我觉得我说了一些不能说的话，因为我忍受不了了。虽然我第二次说我喜欢她，但这是真正意义上的第一次。"小惠，小惠"，我在心里无数次默默地呼唤。我不清楚是从什么时候开始的，我一个人的时候，我们两个人的时候，我都这样在心里默念。

"但是，木户却让我放手。"

"……"

"木户曾经对我说：'有分寸的恋爱才是最美好的恋爱。'"

也许稍微有些茫然若失，因此我没有继续说下去。但是，我觉得已经把全部都告诉她了。

我们俩沉默了一会儿。她盯着拿铁咖啡的玻璃杯。咖啡一点都没有减少，只是冰全都融化了。

我意识到这些后，又开口说话了。

"在这个世界上，好像只有偶然和冲动。"

她表现出不可思议的表情,我继续说:"他告诉我要跟你握手,要把所有的感情都凝结在手上,站在对方的立场上去握手。用握手的方式让一切不愉快的事都过去,只有笑容被留下。"

也许那就是交往至今的我们以后要走的路。

"说一句'我爱你'也许太随便了。当时我就是想跟你握手,简单地握一下手,从第二天开始,我们还是好朋友。"

她抬起头看着我。

"他对我说现在马上就去握手吧,并把我从他的房间里赶了出来。当时我也是一样的心情。但是,到车站时已经是早上四点了,车站里只有乌鸦。"

我大笑,她也微微地笑了笑。我们又陷入了短暂的沉默。

"喂。"她说。

她低下了头,好像在思考接下来应该说什么。

"什么?"过了一会儿我问。

"我可以说说我的心情吗?"

"嗯。"

"你说你喜欢我。"

"嗯。"

"我也是。"

"嗯,谢谢。"

"不用谢,我觉得你一点儿都不懂。"

就像拔掉一颗颗正在生长的麦穗一样,她断断续续地说了下去。

她说非常高兴遇到我,再没有比这更开心的事情了。她说她喜欢跟我在一起时的自己,觉得那时候的自己可以去任何地方。一起喝完酒以后,看街上的风景都觉得熠熠生辉。

"我该怎么办呢?"她说,"但是,这也是毫无办法的吧。"

我把目光落在她低下的头上,她的头发又黑又细,看起来特别柔软。

我喝着拿铁咖啡。我们有一会儿什么都没干,任夜色流逝。

我闭上眼,脑海里满是白色的光点。我支着手肘,用手捂着脸,大口呼吸着空气,呼吸的声音听起来像在叹气。

"山田,你想跟我握手吗?"她问道。

"我已经不知道了……"我抬起头说道。

"我想跟你握手。"她看着我的眼睛说。

我又看了一眼低下头的她。闭上了眼睛,白色的光点又浮现在我的头脑中。我好像站在那中间歌唱,好像在不停挥动着手臂。

满怀深情,把自己的全部感情都倾注在里面,也体会对方的心情和立场,就这样爽快地握个手吧!

我睁开眼睛,深深地呼了一口气。

"好啊。"我说。我觉得我说得很爽快。

"那从明天开始,我们还像四月份那样,做好朋友吧。"

"嗯。"

我刚想伸出右手,她说:"稍等一下。不好意思,我去洗一下手。"

她为了掩饰慌张,笑着离开了座位,向店深处走去。

她点的拿铁咖啡还放在桌子上,一点都没有减少。

在她走过去的方向有一个很大的电子显示屏。不知何时,足球比赛已经结束了,现在正在播放海边的景色,有几条海鱼和浮动的白色海葵。画面一转,开始播放冲浪的画面。

我的目光离开桌子,环视了一下店内,已经没有几个客人了。目光与服务生相遇,于是我又点了啤酒和坚果拼盘。

我想:一定要握手。我们从春天开始,好不容易一点点变得亲密起来,这是非常令人开心的事情。不过,如果亲密到了从未有过的程度,就不会那么开心了吧,从刚开始时我就很清楚这一点。

她说她想跟我握手,如果这么轻松就能解决问题的话,那我一定要这样做。或许因此我们的关系就和以前不一样了,也许就能获得比较稳定的快乐。我认为这样很不错。这样真的很不错。

过了很长时间，她还没回来，我加的啤酒都上来了。于是，我吃着干果，喝着啤酒，看着大型电子显示屏，一个人盯着在海上游动的海蜇。

啤酒喝到一半时，她终于回来了。她微笑着，我觉得此时的她非常可爱。

"喝上了？"

"嗯。你也喝点吧？"

她听后摇了摇头。

"那我们握手吗？"

"嗯。"她吞吞吐吐地接着说，"虽然有些不大情愿。"

"那我们以后再说吧。"

"为什么？"

"我的心还在咚咚地跳呢。"

"你的心在咚咚地跳？"她不可思议地问，"为什么？"

"不为什么，或许是因为太紧张了吧。"

她非常吃惊地看着我，好像在盯着我抬起的侧脸。

"我有点不敢相信。"

"什么？"

"我觉得你还是一点都没明白啊！"

"没明白什么？"

"我在进入这家店之前特别紧张，腿都发软。即使现在也非常紧张。"

我不知道会有这样的事情，也无法想象。我吃着干果，发出咔哧咔哧的声音。

"那次在电车上，你说你喜欢我，因此我一直非常痛苦，什么都吃不下。"

"什么都没吃吗？"

"嗯。"她点了点头。

我特别吃惊。她什么都没吃。

"从那时候一直到现在？"

"稍微吃了一点点。"

"你说一点点？"

"蒸面包和一些蔬菜汁。"

"那可不行，必须要多吃点。"

"从明天开始吃。"

"啊?"我说,"这么说你也许不会去学校食堂吃饭了?"

"是啊!反正你也就点个汉堡什么的。"

"我吃猪排咖喱。"

她用两只手捂着脸,嘿嘿地笑着。

"男人还是什么都不懂呀。"

"不,我稍微懂一些。"

"不懂,因为你是男人。"

"对了,听说只有年龄优势的男子实际上没有什么价值。"

"那是什么呀?"

"木户语录。"

"嗯。"

"所以说男孩子至少应该有远大的志向。"

"是的,我认为应该把这句话写在日历上,挂在厕所里。"

"知道了,做成日历,当生日礼物。"

"完全没有这个必要。"

她笑了，我也笑了。那之后我们俩就像决堤的潮水，打开了话匣子，有说有笑。

"昨天我看见狮子狗了，像博士一样。"

"我喜欢狮子狗，好想把它的褶子都给捋平。"

"啊，如果把中间填满的话，它的褶子就都会展开吧！"

我把到现在为止一直憋在心里的话都说了。感觉我们俩都轻松了。我觉得我们很久没有这样说话了，又觉得好像也没有那么久。

"好开心。"她叹了口气说。

"我也非常开心。"

"我们以后也一直这样就好了。"

"是啊。"从四月份到现在，我觉得我们相遇后的时间很长，又觉得很短。或许我真的什么都不了解，我觉得或许我都没想过要去了解。

她已经结婚了，在这里只待一年就会离开。我只是通过这样的过滤器来考虑关于她的事情，甚至从未考虑过自己的心情。我所考虑的只不过是半个世界。

"我喜欢你。"我说。

"我也是。"

"我非常喜欢你。"

"你太狡猾了，刚才不说。"

我们热烈高涨的情绪从天空直泻而下。

我们就像网球的连续对打一样互相说着喜欢。我和她就像在进行一场小小的竞争。我说双倍地喜欢她，她就说三倍地喜欢我。我说我从很久很久以前就喜欢她，她就马上说从那之前就喜欢我。

"不过，我从聚餐的时候就决定了。"

"我嘛，"她笑着说，"其实在那之前就小鹿乱撞。"

"真的吗？"

"千真万确。"

我们的心情就像瀑布飞流而下，一泻千里。当我把目光落到桌子上时，发现不知不觉间啤酒已经被我喝光了。她的拿铁咖啡也只剩下一半了。

"不过，如果我们握了手的话，就不能说这些话了吧。"

"是吗?"

如果说寂静是三,那黑夜就是五。墙上的电子屏在播放两条蝠鲼在水中遨游的画面。它们永远在无边无际的海洋里漂游。

"我喜欢你。"她第一次先说了这句话。

"我也是。"我看着她的眼睛,又看着她的唇。今天晚上我们相互说了好多次"喜欢"。我觉得有这些就足够了。真的足够了。

"那我们握手吧!"

"嗯。"

"结束后我们离开饭店吧。"

她默默地点了点头。夜晚的空气好像有些颤抖似的稍微动了一下。

我慢慢伸出右手,她也做出了相应的反应。那是非常简单的事情。

就像被吸引一样,我们的手握在了一起。我攥紧她的手,她的小手也用相同的力量握着我的手。开始我还能感受到她小而柔软的手的温度，不久，我就感觉我们俩的温度融合在了一起。

我们不愿意撒手。

我盯着我们握在一起的手。夏天，我们两个人之间的距离还有一米左右，但现在已经缩小到了零。以后只有分开，以后只有分开……

两只握在一起的手慢慢地放在桌子上。

我放松了握手的力量，她的手也同样放松了。为什么会出现这样的情况呢？我们俩完全是在同时放松了手。

她手上的温度越来越远，慢慢地、永远地离我而去。对她来说，感觉也是一样的吧。

当我回过神来时，我们的手仿佛已经没有任何力量和热量了。已经再也不能重新握在一起了。我们的握手到此为止了。

但是，我们的手无论如何都很难离开那里。手和手之间已经没有力量了，只是碰触在一起，放在桌子上。

我想：当时如果把手缩回，那我们就可以直接离开饭店了。但是，我们丝毫未动。就这么一点点距离，花费多少时间都做不到。

"接下来怎么办？"她说。

"永远不分离。"

我看着她感动得快要哭出来的脸。我想思考点什么，但却不知道应该考虑什么。不过我确实认认真真地考虑过了。

"我懂了。"我说。

我的手还握着她的手。不知不觉间我已经用双手握着她的手了。我觉得她的手在微微颤抖。

这是我第一次握北海道女孩的手，又小又软又温暖。

◇

当时我确实说"懂了"。

我并没有考虑将来，只觉得无论发生什么事情我都要承担。也许当时我认为无论什么事情我都能承担。至少我说了"我懂了"。

我们走出饭店，去了车站。她一直没说话，我也没说话。因为已经没有地铁了，所以我们打算去打车。她家离车站只有两站地，出租车的计价器跳两下或三下就能到吧。

我觉得大概是在"月之露"的斜对面，水穗银行的前边，总之是在快到出租车停车场时，我停下了脚步。她比我晚一步停了下来。

我一把抓住她的胳膊，慢慢地把她拉了过来。

当我意识到时，已经紧紧地抱住了她。我紧紧地抱着她那纤弱的肩膀，感到她在我的怀里颤抖。

当我的胸膛感受到她吐出来的湿气时，我觉得这样不行。这不行。已经不可阻挡了……

过了一会儿，我们分开了，但我们什么都没说。黑暗中，我又一次看到了她快要哭出来的表情。在不知如何是好这一点上，我和她是一样的。

我说："我们约会吧！我们多约会吧！以后再考虑也行。过一段时间，很多事情我们就会明白了。因此，我们约会吧！"

她轻轻地点了点头。也许是心情的原因吧，我觉得她微微地点了点头。我对坐上出租车的她挥了挥手，她也朝我挥了一下手。

接下来，我走着回到了离这儿一站地的家中。我想这样一直走下去。冒出的汗被夜风一吹马上就干了。路上没有碰到任何人，我也不想碰到任何人。

一回到家，我就躺在床上，但没有一点儿睡意。想要思考点什么，却因为神经过度兴奋，怎么也思考不下去。窗外放亮时，迷惑的心情莫名其妙地消失得无影无踪。

"喂！干脆点，干吧！"我想。

也许是因为昨天一直睡到中午吧，我现在没有一点儿睡眠不足的感觉。从今天开始就进入九月了，但开始的不仅仅只有九月。

我烤了吐司面包，煎了蛋，冲了咖啡。好久没有冲咖啡喝了。

"煎蛋为什么这么好吃呢？"我想。真想让只吃蒸面包的她也吃点。喝过咖啡、吃完早饭后，我冲了个澡。

我今天离开家的时间比平时早,今天是九月一日,天气非常晴朗。我来到研究室,打开电脑,开始等她来。

不久她就来到了学校,像平时一样跟我打招呼。不过,表情却有点儿冷淡,声音也有点儿僵硬,没有看我一眼。她离开研究室,向实验室走去,为了追她,我站了起来。

我们并排站在饲养笼子的前面。一打开房门,小鼠就哧溜哧溜地跑了出来。我边看边跟她说:"喂,我们去哪儿玩儿吧?"

"什么?"

"第一次约会,我们去哪儿好啊?"

她用吃惊的表情看着我,之后就满脸通红地低下了头。我觉得她太可爱了。我也有些不好意思了。小鼠在笼子里乱跑乱窜,非常活泼。

"昨天睡得好吗?"我问。

"一点儿都没睡着。"

"是吗？"

放好水和饵料，她就开始打扫大鼠的房间。

"小惠你过来一下。我问你，你有没有特别想去但还没有去过的地方？"

"啊！"她一边更换小鼠房间的地垫，一边发出惊叹声。

"也许有吧。"

"哪里？"

"嗯……"

在她的手边，大鼠正在疯狂地抢食饵料。

"我想去跳舞。"

"跳舞？"这个回答让我深感意外。

"你喜欢跳舞？"

"不，并不是喜欢，只是想去看一次。"

"不过，很抱歉，东京跳盂兰盆舞的时节已经结束了。"

她小声笑出了声。那是进入九月份后，我第一次见到她的笑容。

"我想看盂兰盆舞以外的舞。"

"就是全年都有的那种？"

"嗯，我想去全日本最热闹的地方看看。"

"知道了，那是我的强项，你就等着吧。"

"是吗？"

"虽然有点儿吹牛，不过我们去吧！"我对正盯着饲养笼子的她说，"我们一起去吧！"

"嗯。"

不过研究室的工作一直很忙，每天都要干到末班电车快要停运时才能下班。大四的实验也迎来了第二次高峰，因为实验要排班，所以我们很难找到两个人都合适的时间。

因此，实际上我们俩的第一次约会推到了一周以后。

◇

我们要去的是一个叫"新东京"的地方，坐落在六本木。那里被认为是全日本最奢华的地方。

对我来说，那里曾经是非常遥远的地方。或许可以说像从东京到北海道那么远。不过，现在仔细一想，即使是北海道，坐一个多小时的飞机也就到了。去六本木只需要换一次地铁，很容易就能到。

我们到达六本木时已经很晚了。

一出地铁口，一下子就感觉到了这条街的与众不同。街上有很多和外国人谈恋爱的日本人，总之，我们与街上来往的行人属于不同类型。在支援浦和红钻的队伍里好像夹杂着孤独的鸟栖砂岩球队的粉丝。

不过，一来到外苑东大街，就能看到灯光闪烁的东京塔。她"哇"地发出了感叹，与此同时我也"嗷嗷"地叫了起来。感觉只有闪烁着暖色光的东京塔才属于我们。

进入后街后，道路非常复杂。我事先查好了路线，虽然没有迷路，但那家店却非常难找。"新东京"居然位于"富士荞麦面店"的后面，这到底算怎么回事？……

我们有很多疑问，比如我们这样普通的打扮能行吗？我们这种很随意的感觉可以进去吗？我们爬上了眼前的楼梯,好像从那里可以进去。穿着黑衣服的门卫并没有对我们说"这里不是你们该来的地方"。

上了楼梯,有一个类似宫殿门的入口,我们非常紧张地进去了。进去后马上坐电梯把行李寄存到储物柜,然后又乘上电梯。真是一个不可思议的世界,不可思议的系统。

我们到达了指定楼层,大门一开,一个让人振奋的世界突然呈现在眼前。一个原色、昏暗和音乐的世界唰的一下展现开来。

我觉得是《欢迎来到丛林》。

"太棒了!"她在旁边小声嘟囔道。

"莎啦啦啦啦啦啦、咦——。"艾克索·罗斯在我的大脑里高喊。

从震耳轰鸣的场所往下看,能看到一个长方形的空间。

正下方的楼层里的人们在跳舞。很多人一起当当地跺脚,一起调整舞步踏节奏。上面巨大的霓虹灯旋转着,闪烁着,整个空间被巨大的音乐声包围着,好像是拉丁音乐。

一到下面的楼层,我们马上被更大的音乐声包围了。

该怎么办呢?我们停下了脚步。

我手里拿着三张连在一起的饮品券,就像以前的公交车的套票一样。好像可以在这层一端的吧台兑换饮料。

人、人、人、人、人,我们拨开人群去兑换饮料。

费尽全力总算来到了吧台,我在那里选择了用可乐兑杰克丹尼威士忌的特殊饮料。好像还有活动,点饮料可以得到一个小手机链。她点了黑茶藨子橙汁。

再一次拨开人、人、人,我们奇迹般地来到唯一一张空桌子前坐下。

人们都在跳舞。舞、舞、舞、舞。

这一层被跳舞之人的热情席卷。我觉得都可以用这种热情发电了。大家配合着大音量的萨尔萨舞曲,出色地踏着节奏,发出"当当"的声响。

这是让人燃烧的音乐。刺激、热情、美丽、充满激情的音乐充斥在这个与众不同的世界当中。我们沉浸在非常大的音乐声里，欣赏人们跳舞。

好像今天晚上都是萨尔萨和爵士。我看了一下日程表，明天是桑巴、迷幻舞和爵士。我边喝着可乐兑杰克丹尼威士忌边想："今天晚上不是桑巴、迷幻舞和爵士，真是太好了。"

喝干了饮料后，我的身体终于习惯了这个昏暗和喧嚣的世界，觉得心脏在和音乐一起躁动，在和酒一起澎湃。

我盯着身旁的她看，从侧面看起来，正在喝黑茶藨子橙汁的她好像非常高兴。我开始还担心带她来这种地方她会不开心呢，现在看来想多了。

她放大的瞳孔可爱极了。我觉得在昏暗灯光的笼罩下，她的笑脸是世界上最宝贵的东西。我非常喜欢。

为了不被音乐声淹没，我们把脸靠在一起说话。我把嘴贴着她的耳朵大喊，她也把身体靠近我大声说"太棒了"。

"跳——舞——吗？"我近乎大喊道。

"不行！"她说，"我没跳过，不好意思。"

"不会也没关系，我也不会。"

"不过，大家都跳得那么好。"

"没关系，我们跳吧！"

"不——行。"

我去取啤酒，顺便也帮她拿了黑茶蘪子橙汁。我正要喝啤酒时，不小心洒出来一些。

"溢出来的只是啤酒沫。"她嘿嘿地笑着说。

"你说什么？"我大声问。

"溢——出——来——的——好像——只是——啤酒——沫。"她非常开心地说。

"不——是——的，还有——对你的——思念——也一起——溢了出来。"

我把身体靠近偷笑着的她，使劲地大声说道："我喜欢你。"

我从没有这么大声地说过这种话。

她也贴近我的耳根说："我也是。"

我们在这个密闭的不一样的空间里，就像被温热的玉包围着一样。

"我们跳舞吧！"我边微笑着边大声说。

她看起来有些犹豫，我抓住她的手说："跟我一起跳舞吧！"

于是我站了起来，拉着她的手。

"好吧。"她也站了起来。

她现在的手和那天是不一样的，没有了迷惑、颤抖，而充满了好奇和喜悦。不过还是非常温暖、漂亮的手。

我们避开人群，手拉着手移动到了楼层的一角。我们面对面站着，互相看着对方，因为稍微有点不好意思，于是又笑了起来。我们边看别人的舞步边模仿，可还是不会跳，于是我们又笑了起来。

我举起她的右手，让她试着滴溜儿转了一下。

她转得很好，完全出乎我的意料。她非常吃惊地看着我。接下来我们俩开怀大笑。我顺势带着她转了好几圈，她也让我旋转。我们一边开怀大笑，一边让对方转圈。

一会儿，我们就随着人流被挤到了楼层中央。

我们慢慢踏着节奏，合着音乐开始跳舞并不停地转圈。虽然是现学现卖，但却比想象中跳得好。她很高兴，我也笑了。

在与众不同的世界中心，我们不停地旋转着。

我想：难道有这样梦一般的好事吗？在东京的中心，我和自己喜欢的女孩一起跳着舞。

闭上眼睛，我觉得只能看到身体的轮廓。觉得所有的这一切都原封不动地变成了遥远的梦境。

我们一直跳到累得气喘吁吁。我觉得这真是太好了。我想：今天晚上不是桑巴、迷幻舞和爵士，真是太好了。

◇

第二天晚上，我边赶小鼠边说："今天晚上是桑巴、迷幻舞和爵士。"

"啊……"她开心地笑了。

"我们再约会吧，你还有其他想去的地方吗？"

"有。我想去御台场看看。"她说。

"想去御台场啊……"

被赶到无菌室的小鼠找不到去处,不久就回到了笼子里。

"小惠,你是'攘夷派',值得信赖。"

"嗯?为什么?"

"御台场的'台'是炮台的'台'。"

我显出一副胸有成竹的样子,给她解释了御台场名字的由来。江户幕府为了击退黑船,设置了炮台,那就是御台场。

"是吗?那我们一起去击退黑船吧!"

"好啊,我俩撑着小船,杀入敌阵吧。"

"我要击退美国海军提督培理。"

"知道了,我要保护小惠。"

不过,研究室的工作依然像以前那么忙碌,实际上我们去击退培理已经是十天之后的事情了。

那天我们从浅草坐水上巴士沿隅田川顺流而下,目的地是御台场。被海风轻轻吹拂着,心情特别好。我们站在甲板上，静静地观赏着河两岸的高楼大厦。

我们经过了好几座桥，还与屋形船擦肩而过。在滨离宫看到了东京塔、用绳索拴住的帆船和远处旋转的发电风车。海鸟从我们眼前飞过，然后急转掠过海面，溅起无数波浪飞沫。

最后，我们从彩虹桥下穿过，看到御台场巨大的圆形摩天轮在欢迎我们。

"好开心啊！"她说。

"确实很开心啊！"我说。

我们从码头上岸，首先去参观了炮台遗址。

不过，炮台遗址这里一个人都没有，只刮着"维新"的风。我们俩人凝视着海面，并没有发现黑船的踪影，取而代之的是好几座长颈鹿形状的巨大塔吊。

"没有黑船啊！"

"一定是星期五休息了吧！"

"也许吧。"她说。

"或许日本再也不会对外开放了吧！"

"也许吧……"

然后我们在海边散步,到了傍晚,我们在甲板城东京海滩吃了大阪烧。

"吃大阪烧的好像都是情侣啊。"

"哎,好像真是那样呀。"

她开心地笑了。

从大阪烧的边缘流出了辣酱,发出"啾"的声响。

"所有情侣共同的敌人是什么?"

"嗯……"

我们俩思考了一会儿,交换了各种意见。

"门禁时间。"

"枯燥的电影。"

"强制加班的上司。"

"桑巴、迷幻舞和爵士。"

"嫉妒。"

"绯闻。"

"浒苔。"

"手机故障。"

"写有木户语录的挂历。"

"泡在实验里的大四学生。"

"台风。"

"不,台风不是敌人,是朋友。"

"为什么?"

"因为被台风困住,不能外出时可能会燃起某种激情!"

其实在说"嫉妒"时,我想到了她远在北海道的丈夫,但是我没敢说。

酒足饭饱后,我们离开了饭店,来到海滨公园散步。在巨大的玩具般的填海造地的一端,居然开玩笑似的有一个非常不错的人造沙滩。

在海滨,间隔一定距离就有一对情侣坐在那里。真的是间隔一定间距坐在那里。我悄悄地步测了一下,间隔大约是七米。我想报告给所有的日本人:在东京,情侣之间不介意的间距是七米。

我们走到了海滨公园的最远处,在那里坐了下来。

几乎看不到旁边离我们最近的情侣。因此,今天晚上东京情侣的间隔是七米,再七米……,最后达到三十米。

我们并排坐着眺望海面。鹭鸶在夜晚的浅滩上悠闲地散步。感觉它们小心翼翼,蹑手蹑脚。它们偶尔会把长嘴巴插入海中。

在安静的海湾对面,能够看到高楼大厦的灯光。因为天黑了,所以已经看不见长颈鹿形状的塔吊了,取而代之的是灯光闪烁的东京塔,但看起来很小。上周在六本木,它非常温暖地矗立在空中,一直守护着我们。东京之塔!

我悄悄搂住了她的肩膀,用手抚摸她的脸颊,我感到她的脸颊有些颤抖。

结果,那天我们并没有击退美国海军提督培理。

不过,那天在大海的面前,我们第一次接了吻。

感觉就像划着一艘银色的小船出海。

十月已经过去一半,离我们在御台场接吻已经一个月了。

因为论文的写作渐入佳境,所以我们这段时间没有约会。不过,我们开始去对方的房间过夜。最初是隔两天一次,不久我们就每天晚上都在一起了。

"要测试的好像只有新装置。"有一天,她在实验室里对我说。我们正在测试一个叫KFS的新实验装置。

"不,一到晚上,我就要做各种各样的测试哟!"

她难为情地笑着说:"我希望你不要再做测试了。"

"喂,小惠。"

"什么?"

"如果KFS运转正常的话,我们就去约会吧,好久都没约会了。"

"嗯,好啊,去哪里?"

"你还有想去的地方吗?"

"想去的地方……"

因为KFS的实验很顺利,所以那个周末我们俩都有时间。

我们去的是昭和纪念公园。两人就像去远方兜风、远足一样。

我们在立川站下车后,过了一座桥,映入眼帘的是广阔的公园。地图上介绍说园内有一个湖,能划小船,有特别珍贵的花、树木、草坪,还有运动器械、步道、餐馆、小卖部等。其他还有像森林那样的地方、小山丘、雾霭缭绕的地方、观景台、古城等。这几个被划分出来的区域之间要坐小火车往返。

在公园的最里边,有个感觉软绵绵的、叫跳跳云的地方。那是什么呢?软绵绵的跳跳云到底是什么呢?

我们打算去玩那个软绵绵的跳跳云。

十月的天,晴空万里,我们的心情也非常好。我们俩手牵着手,在公园里前进。我们越过小山,跨过大桥,一直前进。

我们中途休息了一下,又玩了一会儿吸引我们的运动器械。我们忍着没去划小船,却去登了观景台,在雾霭缭绕的洼地欢闹了一番。最后穿过森林,好不容易来到了目的地。

眼前出现了连绵起伏的山脉般的、厚重的白色蹦床。我们被蹦床的反光刺得眯起了眼睛。

这里确实软绵绵的，像云彩一样，如梦似幻。

好像是像蹦床那样跳着玩耍的地方。我们脱掉鞋，爬上了跳跳云。在跳跳云上前行就像在云海里行走。

我们试着轻轻跳了一下，就像在云上捡拾硬币的提线木偶。我轻轻跳一下，她就轻轻跳两下。我轻轻跳三下，她就轻轻跳四下。这太好玩了。

我们手拉着手，合着呼吸的节拍，试着一起蹦跳，非常开心。我想告诉所有人，在跳跳云上蹦跳真的太爽了。

我们边跳边沿着斜坡爬上顶端，然后又在顶端蹦跳，接着又连滚带爬地跑下了斜坡。轻轻地不停地蹦跳，不停地欢笑，完全停不下来。跳跳云上的世界充满了欢声笑语。

我们到底为什么在这种地方跳跃？这是哪儿？我们到底要去哪儿？我们不停地轻轻跳跃。

真开心。太开心了。我在软绵绵的跳跳云上和她一起跳跃。真是前所未有地高兴,我们开怀大笑,不停地跳跃。现在世界上最快乐的人也许就是我们俩。

不久,我们跳累了,就停止了活动,不停地大口喘着粗气。

我们坐下来,看着微风吹拂树木。我们躺下来,背后咚地反弹了一下。

我们就这样躺在上面,手拉着手,视野被漂亮的蓝天占领。我们的呼吸慢慢平稳下来,大汗淋漓的身体被风一吹,感觉非常舒服。软绵绵的跳跳云只属于我们两个人。

"小惠。"我说,"我们像滚床单那样滚下去吧。"

"什么?不行啊!"她说。

"并不是完全不行吧。"

我扭动身体,把她紧紧抱在怀里。她一边说着"啊?",一边也伸出双手抱紧我。

我们就那样咕噜往下滚了一下,随后又咕噜咕噜地加速。

"啊!"她发出很细微的声音,"哇哈哈哈……"

我笑得快要发不出声了。

咕噜咕噜,我们从跳跳云的顶端上往下滚,咕噜咕噜咕噜。

不久就到了跳跳云的底部,我们停了下来,并排躺着调整呼吸,看着天空。我往旁边一看,发现她正在看我。

就这样,我们开始接吻。我们在非常柔软、就像棉花糖一样的跳跳云上接吻。

"在这样的地方接吻,会不会遭天谴?"

"即使遭天谴也没关系。"

我们又一次接吻。

我认为那天在跳跳云上接吻的人只有我们俩,那天世界上最快乐的人也应该是我们俩。

因此,我想即使是遭受一些惩罚也值得吧。

我们俩有滚床单这个概念是在去昭和纪念公园不久之前。是我在被窝中无意间想到的。

"喂，我们可以滚一下吗？"

"滚一下？"

"嗯，怎么说呢，就像这样，类似卷帘子。"

"就像紫菜饭卷？"

"嗯，因为我是葫芦条。"

她笑了。

"为什么在数量众多的食材中单单选择葫芦条呢？"

"不知为什么。小惠你是鸡蛋，靠近我。"

我把被子横着铺开。

"好玩吗？"

"不知道，开始滚啦。"

"嗯。"

我抱紧她，和被子一起卷了起来。咕噜卷了一圈，又卷了大半圈，紫菜饭卷就完成了。是放了葫芦条和鸡蛋的紫菜饭卷。

她嘿嘿地笑着。

"比想象中好玩。"

我们脸靠着脸笑着。

"这是滚床单吗?"

"嗯,滚床单。"

"感觉我们变成了海螺。"

"饭卷中只有我们俩,这里只有爱。"

"是啊!"

在这狭窄、圆圆的场所里,我们俩接吻,说悄悄话。这是一个无可挑剔的爱的场所。

我们俩都喜欢待在被窝里。她一来我的房间,我马上就把被子铺好。因为不好意思,所以我边喊着"一二、一二"边往外拿被子。

"请吧,这是沙发床,请坐。"

"我想告诉你,告诉静冈人,"她说,"那不是沙发床。"

我们俩在被窝里做各种事情,谈各种话题。

"我非常喜欢你。"

"是我喜欢你。"

"你一点都不懂,我三倍地喜欢你。"

"没有那样的事。我喜欢电火花,我想与你熔接在一起。"

她把脸埋到被子里笑，之后又看着我。

"我喜欢你，即使闭着眼也能看到你。"

"什么？什么？"我边笑边问。

"那是非常厉害的动体视力[①]。"

"嗯。今后我会像看到残像一样喜欢你。"

"残像？"

我的女友说话太风趣幽默了。

"不过，我喜欢你，看你时都有重影的效果。"

"那是散光吧？"

"不是散光啊！"

"我喜欢你，喜欢到震惊全美国。"

"我革命性地喜欢你。"

我紧紧抱着她。为什么我的身体能产生如此大的能量呢？

"我喜欢你的全部。"我在她的耳边悄悄说。

[①] 视线不动，连续追踪在眼前运动的物体的视力。译者注，下同。

"你太狡猾了。"她说,"我也一样啊!不过,你好像没说喜欢我,就吃猪排咖喱饭了。"

"往事不堪回首。回炉重蒸的东西,有山崎的蒸面包就足够了。"

"那时候,我每天吃蒸面包。"她说。

"我没吃过回炉重蒸的。"

"我也没有啊!"

我们接了个短吻。

"如果回炉重蒸的话,我只要六花亭的奶油三明治。"

"那个也不是回炉重蒸的。"

这次我们接吻的时间很长。

我们接过多少次吻呢?今后我们还要接吻多少次呢?

我想制作一张巨大的印章卡片,一张永远都不会消失的印章卡片。到最后集满印章的时候,我和她会有怎样的未来呢?

"哎。"我说。

"滚床单吗?"

"嗯？"

"滚床单吗？"

"什么？"

"这是回文①，你试试从后面往前读。"

她试着从后面读了一遍。

"太棒了！偶然想出来的。"

"不，是冲动吧。"

我们一边大笑，一边咕噜咕噜地卷被子。

从那时开始，我们只要心血来潮就一起滚床单。

"哎，我……昨天做了个梦。"她在卷起的被窝里说。

"嗯。"

"我本来跟你约好了一起去喝酒，但是被大家看穿了，因此我们就放弃了。可是你又跟南部一起去喝了。"

"南部？"

---

① "回文"指顺读和倒读均可成文的诗句、句子。在这里，"滚床单"的日语为"すまきまきます"，顺读和倒读是一样的。

南部是我们研究室的一名大四学生。

"我非常恨她。"

"稍等一下,那不是你做的梦吗?"

"嗯。"

"为什么要随便做梦,随便嫉妒人?"

"不好意思,不过我确实恨她。我真的恨你的前女友。非常恨。"

"你说你恨她们,那你的心情是多么阴暗啊!"

"就是恨。南部,你的前女友,还有你的前前女友,我都恨她们。"

"稍等一下,其实我也恨她们,但是跟南部一点关系也没有。"

"恨,恨,恨。"她把脸埋到我的胸前说。

"我也恨她们。"我抱紧了她。

"恨,恨,恨。"我们紧紧地抱在一起说。

我非常害怕她说的话,所以关于她丈夫的事,我一点儿都不敢提。但是一想到这件事,我就非常痛苦,感觉心里一点底气都没有。

"不过，非常不可思议啊。"我说。

我们紧紧地抱在一起，一起谈论着怨恨，总觉得很痛快。

我们在卷起的被窝里互相拥抱，闭上了眼睛。

卷起的被子里只有我们俩。

那天晚上，我们紧紧地激烈地拥抱在一起。我喜欢小惠，她的影子已经深深地刻在了我的脑海里。

3

她来东京已经快一年了,但她的房间里东西非常少。

每天晚上一到十一点,她就会给她的丈夫打电话。很多时候都是聊几分钟就结束了。

我看着她在空荡荡的房间里打电话的背影,不由觉得她有点可怜。虽然我觉得这样想完全不适合此时的情景,但还是觉得她的背影好可怜。

在她打电话期间,我尽量不发出声响地在屋里踱步,或者干脆去便利店。在便利店里,我一边喝着碳酸饮料,一边抬头仰视夜空,还给妹妹回了短信。

小妹,我已经有女朋友了。我们发展得非常顺利。

我们研究室虽然没有暑假，但是秋天的时候能休息几天。

十一月中旬，也就是大学文化节这一周，不能使用研究室。因此，她早就决定趁机回老家看看，虽然情非得已，但也是可以理解的。

她原本打算住六个晚上，现在已减少到四个晚上了，因为她不想和我分离。

我让她不要放在心上。因为她好久没回家了，所以我劝她好好在家住几天。

我想去机场送她，但是被她拒绝了。

她说："如果你去的话，我就很难离开了，绝对会上不了飞机。出发的那天早晨我们也不能在一起。否则，我就会讨厌回家，就不想离开被窝，甚至连家门也出不去了。不能在一起，绝对不行。"

没想到这几天我过得那么漫长。我们从春天开始一直在一起，现在才仅仅分开五天而已。

出发的前一天，我在她的房间里一直待到深夜，然后回到了自己的家，喝完啤酒后，很快就睡着了。第二天醒来的时候正好是她要离开的时间，我想对她说"路上小心"。

白天什么事都没有。我回忆了我们从认识到昨天为止的所有事情，回想起了一起度过的时光，还给妹妹发了短信。

小妹，我的女朋友好像对你非常满意。

不过，一到晚上，我马上就痛苦起来，但又没有任何解决办法。随着深夜的来临，我更加难过，完全睡不着觉。

她现在在干什么呢？在北海道跟她丈夫在干什么呢？很长时间没见面了，他们会是怎样的表情呢？会说些什么呢？

我卷起被子，把胸部紧紧地裹住，才觉得稍微轻松了一点，但那也只是一瞬间的事情。虽然我努力控制，但那种黑暗的感情还是涌了上来并卷起了旋涡。我心中充斥着比黑色还暗的颜色，仿佛被不可抗拒的浊流吞噬。

度过了一个不眠之夜后,我才知道自己有多么脆弱。脆弱到对自己都产生了怀疑。我一筹莫展,焦头烂额。我好想将灵魂与身体分离。

我觉得只要和她在一起,我就什么都可以做。能变得无比强大,能变得非常温柔,任何时候都能非常有趣。但是她稍微离开几天,我就成了这个样子。

白天我还能稍微睡一觉,但一到晚上,就睡意全无。我在被窝里翻来覆去地折腾,偶然看了一下时间,发现已经到第二天早晨了。

我想就这样成为海螺,然后像海螺一样躲在自己的躯壳里睡觉。如果一睁眼就是第二天,那该多好啊,我祈祷着。

我想去大学文化节看看,还想去仓库值夜班,又想一直观看哧溜哧溜不停运动的小鼠。如果那样的话,也许就能暂时忘却烦恼吧,可是……

不行,绝对不能这样下去。

傍晚,我走出房间,就像忧郁的裙带菜,软绵绵地、无所事事地行走在大街上。

我完全没有考虑祈求神明赐予我勇气、给我安慰这样的事情。我只是想见到她,想跟她一起喝酒,想跟她一起感叹。

我想起了肉。我必须去买肉。肉……,总之,先要有肉……

"吧啦、吧啦、吧吧吧。"传来了轻快的音乐声。勇者木户已经达到了23级。力量值提高了1个级别,聪明值提高了1个级别,体力值提高了1个级别,运气值提高了2个级别。

我来到木户家,陈旧的游戏机安装上了旧版软件,那是我小时候玩过的游戏软件。

"这个怎么样?"我试着问。

"这个吗?"木户看着画面回答我,"我也不清楚到底是怎么回事，邮局突然送来的，好像是一个女孩子寄过来的。"

"是吗？"我说。不管怎样，妹妹确实给他寄来了软件。从前她就是一个需要她做什么，她就会去做什么的女孩。这回她也干得漂亮。托她的福，游戏机又开始发挥作用了，又可以重新打《勇者之旅》了。

"虽然上面写着'请努力冒险吧'，但这都哪儿跟哪儿呀？"

"对呀，是什么呀？……"

游戏画面中，一个叫木户的勇者带着一个叫大野的战士和一个叫坂本的僧侣在行走。三人的目的地是沿海的一个小镇。

画面中，一个叫马林小僧的妖怪出现在三人面前，突然就开始了战斗。三个人用各自的方法来进攻马林小僧。

大野冷静地采取有效手段进行攻击。他平衡感很强，是一名优秀的战士。另一方面，关键人物木户则挥舞着看上去非常危险的武器，念着非常奇怪的咒语。

不过,最大的问题是坂本。因为他虽然参加了战斗,但完全缺少打倒妖怪的气概。怎么说呢,整体感觉他太温柔。

温柔当然是好事,可是,我觉得在这个强硬的世界里,用那样柔弱的拳头是无法生存下去的。原本他自己应该拥有的装备一件都没有。我真想给他买一件钢铁铠甲。

"我完全没有想到自己会干这种事,觉得这也许带有某种预示吧!"

木户一边赞叹马林小僧的反击一边说:"是你妹妹呀,是你提醒她的吧。"

画面上的三个人经过了好几个回合,才把马林小僧打倒。他们各自都获得了一点经验值和金钱。

"喂。"木户说,"你给我做火锅吃吧。"

他的视线一直没有离开过画面。电视机上还像以前一样,放着富士山的岩石。

"不用说,我就是怀着这个目的来的。做日式火锅可以吗?"

"……"

隔了三秒钟，木户才回过头来，这是那天他第一次看我。

"你刚才说'日式火锅'了？"

"嗯，材料都准备好了。"

"真的吗？"他惊愕地看着我问。

"你能给我这样的人做日式火锅吗？"

"嗯，但是，你不要期望太高，因为并不是多么上等的肉。"

我站起来，走向厨房。我想马上开始做。他的厨房就像潜水艇一样，空间非常狭窄，不过，做个日式火锅还是没问题的。

"锅在哪里呀？"我回头一看，木户手里握着遥控器，在看着我。

"喂，你是真心的吗？"

"什么'真心的'？"

"你是真心想给我做日式火锅吗？"

"嗯，锅在哪里啊？"

他放下手中的遥控器,啪嗒啪嗒走进厨房。

"我只有这个,行吗?"

他拿出来一个铝锅,锅底已经凹瘪变形了。不过,并不是不能用。

"没关系的,你到那边等着去吧。"

"哦。"

但是,他并没有离开厨房,而是兴致盎然地盯着看。我把买来的各种食材都拿了出来。

"喂,你不要紧张嘛,喂!"

我一切蔬菜和豆腐,他就"啊"地赞叹。我往锅里一放牛油,他就"啊啊啊"地赞美。我一炒牛肉,他就"嗷嗷"地大喊大叫。当我做好蘸汁调料时,他"啊啊"地感叹。我关掉火,他又发出一声"嗷"。他一直在我旁边看到最后。

我们直接把做好的火锅端到房间里,放在旧杂志上。摆好筷子和盘子后,打开了买来的啤酒。

"干杯!"

木户咕咚喝了口啤酒,"咚"的一下把易拉罐放在矮脚餐桌上,马上接着说:"牛肉,牛肉。"说完便伸出了筷子。

"太好吃了,喂!"他大声说。

"火锅,做法真刺激啊。"

他边说着"牛肉,牛肉",边大口吃,而且只吃牛肉。

看他这么高兴,我的心情也非常好。把牛肉吃光以后,我又回到厨房拿剩下的肉。

"木户!"我偶尔大声喊,"这是我的肉啊!"

"吵死啦。"他大声叫道。

"你不是说了好几遍肉管够吗?"

其实我是第一次听他这样说,但又感觉不像第一次。

我们俩就像比赛一样,吃着肉喝着啤酒。肉吃完的时候,好几罐啤酒也都喝光了。

"哎呀,"他说,"太感动了。"他特别满意地抽着烟。

"哎,不再喝点?"他从衣柜里拿出威士忌酒瓶,把我俩的杯子都倒满，我们开始慢慢喝。

"前辈，用那么多回合才打倒马林小僧，不行啊！"

"是吗？海边的这些家伙比我想象中难对付。"

"还有，再给坂本买些更高级的装备吧！"

"不用了，那个家伙那样就行，我保护着他就可以了。"

我们虽然大饱了口福，但是夜还很长很长。我们重复着毫无意义的谈话。酒喝得很爽快，他又从衣柜里拿出了鱿鱼丝。

"前辈，啤酒不是酒吗？"

"是，是酒呀。"

"是吗？"

"当然。"

在微醺和紫烟的缭绕中，天开始慢慢放亮。

不知什么时候，木户弹起了吉他。是齐柏林飞艇的《天堂的阶梯》。这是一首非常长的曲子。虽然只是在听吉他弹奏，但我的大脑里却浮现出了非洲大猩猩兴奋地咚咚地拍打前胸的画面。

"前辈,接下来弹一下《Room 335》吧!"

他没有做任何回答,过了一会儿,便认真地弹起了那首曲子。

夜晚,我一个人喝着威士忌,就像置身于安静、舒服的,慢慢潜入海底的电梯里一样。

我觉得有点困。完全醉酒后的身体变得无比沉重,我已经不知道现在是几点了。一过困劲儿,身体的感觉就消失了,只有意识还清醒着。

在漫无边际的意识中,好像有根针一样的东西在发光。

是坠入情网了。

细细的光线从身体里浮游出来,好像飘进了《Room 335》。

我烂醉如泥。

不知不觉中，我开始大声叫喊。

"前辈，喂，前辈。

"奇迹发生了！前辈……，我们从那次握手之后，去了各种地方约会。一起在房间里的时候简直无敌了，我们和睦恩爱，如胶似漆。"

我滔滔不绝地跟他讲了九月以来的日子。我边说边想：我为什么要跟他说这些呢？大概是因为我还记得是他让我去握手的吧。

"不过呢，如果就这样分手的话，我今后要怎么办呢？我完全不知道应该怎么办才好。我焦头烂额，不知所措……"

木户停住了弹吉他的手，好像不太感兴趣似的，噗地吐了一口烟。

不久，他的眼睛盯着半空中的一点，把吉他立在琴架上。随着"嘣"的浑厚的一声响，扩音器的电源被切断了。

"你是个大傻瓜。"木户说。

"如果有那样喜欢的女孩,你就应该哭着跪下来求她不要走。"

"什么?木户,你说什么呢?你以前不是说过'去者不追'吗?……"

木户又噗地吐了一口烟。

"不过,那得看是什么样的人。"

从醉酒和香烟的对面传来了这样的声音。但是,他说的意思我不明白,我反复问了好几遍。

"因此,我想问你,她的丈夫是一个什么样的人?"

"我不知道啊。"

"你说不知道,并不是一点都不知道吧?"

"嗯,好像比我稍微年长一些,姓齐藤,还有,好像滑雪滑得不错。"

"你说滑雪?"木户狠狠地瞪了我一眼,"你说的滑雪就是站在滑雪板上从坡上往下滑?"

"嗯,还有其他的吗?"

"不要开玩笑。"木户吼道,"你应该去滑雪场把你欠缺的补上啊!"

"你是说滑雪吗?那和我完全没有关系啊。"

"并不是没有关系吧?"

木户把鱿鱼丝扔给我。

"不要扔了,不要再扔鱿鱼丝了。"

"烦死了!"木户大喊道。

"听着!虽然站在滑雪板上从坡上往下滑是个人自由,但是,我们绝对不要输给那个会滑雪的家伙。"

他情绪激动,非常愤怒。我意识模糊、迷迷糊糊地看着他。

"不行啊,绝对不行……。我们绝不能原谅从事冬季运动项目的那个家伙。"他气得浑身发抖。

"不过,海上运动也一样。"

我拾起鱿鱼丝边吃边想。我们到底醉成什么样,才会出现这种状态呢?什么样的体育运动才会得到原谅呢？……

"山田，我不希望你输给他。"

木户盯着我，那非常直接、非常清澈的眼神让我特别吃惊。

他到底想要干什么呢？我突然想。

割舍一切，把大家通常拥有的东西全部割舍掉，他这个人到底想要坚守什么呢？

"我如果再年轻一点儿就好了。"木户颤抖着说。

"如果再年轻一点儿，我就替你去滑雪场收拾那个家伙。"

木户发出了"嗷嗷"的非常奇怪的呻吟声。

"可是，我已经不行了，再也干不了打人那样的事情了。干不了了啊。"

他背对着我。我仔细一看，他手扶着地板，身体在颤抖。

"嗷啊！"他低声吼着。然后又"嗷啊啊啊嗷"地吼着。让人吃惊的是，他竟然吧嗒吧嗒开始掉眼泪了。

"对方是她的丈夫呀，我比不过她的丈夫。滑雪之人也有滑雪之人的温柔啊。"

我什么都不懂，完全不懂。

不过，我觉得他哭泣跟滑雪呀、殴打呀真的毫无关系。这样一想，好像突然又懂这个人了。

追求真正的浪漫的人，不被任何人当成对手，不被任何人珍惜，只是一个人坚守自己。这样的人，不为他人所知，一个人默默地承受着世界上的孤独和悲哀。误解是前提，理解是敌人，从开始就没有正确答案。

"对……对不起，前辈，对不起。"

"你没有什么好对不起的，应该道歉的人是我。"

"请你振作起来，前辈，无论如何请不要悲伤。"

"你在说什么呀？悲伤的应该是你自己吧。"

他哭着抓着我的肩膀。被他这样一弄，我觉得自己也想哭了。

"你们两个人走的是一条没有明天的路，所以你们一定要抗争。即使片甲不留也无伤大雅。本来恋爱就是那样一种东西！"

"明白了。我也会像前辈你那样，不再惧怕孤独。"

"混蛋,我并不是你们任何一个人的榜样。"

"对不起,真的对不起。"

"请不要道歉,其实我的出生,也是对不起别人的。"

"前辈,我想代表世界向前辈道歉。对不起,非常对不起。"

"真正不好的人是我。如果可以的话,我应该去狠狠地揍那个滑雪之人一顿。"

"行了行了,对不起,这跟滑雪没有任何关系。"

"不,山田,是我不好,真的是我不好。"

"世界不理解你,前辈,对不起,真的对不起。"

"说什么呢?你们的恋爱没有明天,都是因为我。"

"对不起,真的……真的对不起。"

那天夜里我们近乎哭着相互道歉。我完全不清楚到底在跟谁道歉、为什么道歉。但是,我们却一个劲儿地互相道歉。

其实,悲痛到焦头烂额、一筹莫展的我什么都不懂。虽然我说了"我懂了",但其实我懂的实在是微乎其微。

"喂，前辈。"我一边吸鼻涕，一边说，"我们下次还一起吃日式火锅吧！"

"啊，吃。"

"我们要吃很多肉。"

"哦，吃！你不要吃蔬菜啦。"

如果像木户那样，尽管承受着孤独和寂寞，却能温柔待人，我一定会变得坚强吧。如果足够坚强，我也会比任何人都温柔吧！那抱一抱小惠也是可以的吧。

"前辈。"我哭着问，"我们今后也仍然是朋友吧？"

"啊，我们今后肯定还是朋友。一直、一直都是朋友。"

真正的夜晚闷热漫长。我觉得伸手就能够到仙女座星系，觉得现在就能在猫头鹰星云漫步。

但是，马上就到极限了。在真正的早晨到来之前，我们必须睡一觉。我觉得之后我们好像又喝了很多杯酒，但都记不清了。

我觉得我们都喝醉了，睡着了。

我觉得我们俩人抢着被子睡着了。

◇

结束了混沌的夜晚，来到了正常的早晨。

这是哪里呢？昏昏沉沉的大脑告诉我这是木户家。可是，木户却不在。我看了一下表，已经过了中午。

我唤起沉重的大脑，开始收拾昨天晚上的残局。为了刷洗锅和碗盘，我把手浸在水里，觉得大脑好像突然轻松了一些。收拾完后，我倚靠在木户家的墙壁上。

我拿起吉他，试着弹了一曲《被禁止的游戏》。郁闷的音乐声在一个人的房间里孤独地回响着。

木户是去打工了吗？他一直没有回来，我觉得很不可思议。虽然我一直待在木户的房间里，但总觉得他像一个想象中的人物。

我放下吉他，打开电视，按下了游戏机的开关。

勇者木户从街上出来和妖怪打了一会儿，打够了就又回到街上。我要给坂本买钢铁盔甲。

木户一直没有回来。

我关掉游戏机，离开了木户家。

回到家后，头开始剧烈地疼痛。我冲了个澡，觉得头疼稍微缓和了一些。

后来我在被窝里呻吟着睡着了，等我醒来时已经半夜了。

我茫然若失地度过了一个夜晚。虽然头一点儿都不痛了，但觉得昨天晚上的事全都像做梦一样。

明天她就会回来，只觉得这件事就像是梦一般。

在第二天接近中午时，我醒了。

我看了看表，确认了一下时间。我用手指数了一下，到约好的时间，还有七根手指。也就是说再过七个小时，她就会回来了。

过了一个小时、两个小时、三个小时，我稍微有些紧张，什么都干不下去，一直在思考同一件事情。

我回想了这五天以来的日子，不知为什么，一点现实感都没有。……她真的会回到这个房间吗？"回来"

这个词用得准确吗？我们的生活真的能回到从前吗？

还剩三个小时的时候，我站起来，打开电饭锅，洗好米，然后又开始思考她的事情。三十分钟后，我按下了电饭锅的开关。

不久，电饭锅就发出"哔"的一声电子音，饭做好了。我把蒸好的饭倒入盆里，开始烤鲑鱼，然后试着放松身体。

我一边捏着饭团，一边稀里糊涂地发呆。但是，我的思考并没有像饭团那样成型。我捏了三个饭团，并排放在盘子上。然后我又钻进了被窝，紧张感就像发低烧那样一直持续着。

距离约好的晚上七点还有十分钟的时候，门铃响了。

我跳了起来，直奔门口。我握住门把手，寒意袭人。一打开门，就看到她拿着包站在门口。

"我回来了！"她说。

"一路辛苦了。"我说。

她强装笑脸，我觉得我的表情也很僵硬。我从背后看着她脱鞋、放行李。她去了洗手间,洗手、漱口之后,脱掉了外套。

我们俩并排坐在被子做成的沙发床上,激动得半天都不能很好地交流。虽然只有短短的五天时间,但我觉得跟她之间的三十厘米和以前的三十厘米有点不一样了。

"让我看看你的脸。"我抚摸她的脸颊,她的脸颊有点冰冷。

她的脸是这样的吗?我看着她的眼睛,把她前面的刘海拨到旁边,然后看了她的额头、嘴唇和耳朵。

"太难为情了。"她把头低下,靠在我的胸前。我们就这样默默地紧紧抱在一起。我想:她终于回来了。我慢慢地确认她的身形、手感、重量以及气味。

她的脸颊慢慢地温热起来。我想起了她的温度,两个人的温度融合在一起,我们的世界又一点一点地回来了。

"好想你啊。"

"我也非常想你。"

"欢迎回家,一路辛苦了。让我看看你的脸。"

"太难为情了。"

"好想你。"

"非常想你。"

五天没见,我们用了足足五分钟时间只说了这么几句话。总觉得有点傻乎乎的。其他的恋人也会说这样让人难为情的话吗?……

"你笑什么?"

"没……没有笑啊!"

不过,我们好像找回了以前的三十厘米,找回了以前的温度、以前的笑脸。

虽然稍微有些不自然,但我们五天后又接吻了。有些不可思议,我们吻了又吻。吻了三次后,觉得这五天好像根本没有存在过一样。

"饭团捏好了,还有咖啡。"

"你太棒了,我也带了礼物。"

我们俩马上钻进被窝。我看着她买的礼物——奶油三明治——的包装,吃着寿司。吃完后,继续喝咖啡，吃奶油三明治。

然后，我们俩都口齿伶俐地说了很多话。

包括这五天的感受，现在正在思考的东西，在北海道的便利店买寿司时会不会被问"需要加热吗？"……

"胡说，没人加热吧？"
"也有人加热。"
"三明治也加热吗？"
"不加热。"
"你喜欢加热吗？"
"嗯。"

我紧紧地抱着她。

"我爱你。太好了，你回来了。"
"我也是。"
"喂。"
"嗯。"

"我在那边一直想着你,想了无数次,我们已经分不开了。"

"我也是。非常担心就这样再也见不到你了。"

"我到现在心还在咚咚跳。"

"哪里?"

我把耳朵靠在她心脏的位置上。

仔细倾听,就能听到她遥远而微弱的心跳声。

"哎,这是我深爱之人的味道。"

"那是什么?什么样的味道?"

"在静冈的温暖的地方,正在成长的淳朴的橘子的味道。"

"小惠你是立足于北方大地的开拓者的味道。"

"没有啊。"

"有啊。"

"哎,山田。"

"嗯?"

"我简直不敢相信我这么爱你。"

"我也是啊!"

没想到我们爱得这么深,爱得死去活来。

我在她的脸颊上轻轻吻了一下。

"不过……"

"嗯。"

"……"

"什么?"

"你在那里跟他交往的时候也是这种感觉吗?"

"也许是吧。"

"……"

"不过,我这么喜欢一个人,有生以来还是第一次。简直不知道如何是好。"

"是啊。"

"我认为再不会这么喜欢其他人了。"

"真的吗?"

"真的。好像被你吸引住了。我爱你。"

"你不懂。"

不懂也无妨。不能分离。

我们紧紧抱在一起。

无论抱得多紧,她的身体总是那么柔软、温暖。形状、重量、圆润程度都刚刚好。不可思议的是她也说了同样的话。

她的曲线和我的曲线,她的温度和我的温度,吻合得天衣无缝,让人不敢相信。

"我们握手那天,我不是去洗手了嘛……"

"嗯。"

"其实我是去洗手间大哭了。"

"为什么?"

"因为我觉得握了手就不能忘记彼此了。"

"是吗?"

"还有,我想擦一下脸,往镜子前一站……"

"嗯。"

"又大哭起来。"

"因为你回来晚了，所以我就想你有几只手呢？"

"两只啊！"

"这我当时知道。"

"嗯。"

"因为眼前放着咖喱，所以我就开始吃了。"

她笑着在我的脸颊上吻了一下。

"我觉得我们俩太投缘了。"

"投缘吗？那是什么啊？"

"开心，每天见面都不觉得腻，还想再见。"

"我也是。恨不得一天变成二十五个小时。"

"我觉得二十六个小时才好呢。"

"我觉得自己和你在一起时最有趣、最温柔、最体贴，也许这就是投缘吧！"

"我也喜欢和你在一起时的自己。"

"哎！"

"嗯？"

"我比月亮都爱你。"

"我比大海还爱你。"

"我比银河更爱你。"

"即使银河破碎了，我都要守护着你。"

"哎！"

"嗯……"

接下来我们俩就在银河的一角来确认性方面的相投。

我把嘴凑到她的耳边轻声说："太棒了，好像不是小惠你。"

俗话说恨之入骨，但我是"爱之入骨"。

"我想一直这样跟你在一起。"

她听了我的话，好像不好意思了，把脸转了过去。在这里有很多不能用文字表述的内容，我们也说了很多让人脸红的话。

"那个,"几天后她说,"我觉得和你好像在前世见过。"

前世吗?我想。我开始想象自己的前世。

我在东方之国,时间感觉像平安时代末期。四周吹着荒凉的风,为了见她,为了两个人能邂逅,我骑着马向西方赶路。然而在西方之都的她对这些一无所知。我心急如焚,"驾!驾!"地驱赶着坐骑。

虽然觉得有点傻乎乎的,但我却觉得在自己的记忆中,确实有那样的马和都城。

我想前世是什么呢?像概率统计、热力学第二定律等那些知识确实学习过了,但我为什么会有马和都城那样的记忆呢?

不过,我觉得确实存在着那样的东西。虽然无法解释,但我觉得自己的记忆里确实有马和都城。

"那来世怎么办？"

"我想早点结婚。"

"嗯，就这么定了吧。那我们怎么见面呢？"

"在沙漠中间见吧。"

"那很难吧，感觉比在城市里见面难。"

"那我们该怎么办呢？"

"总之，我们都向着北极星的方向前进，总有一天会在北极点相见的。"

"那太冷了。我想更简单点。比如做同班同学就不错，我转学到你们班。"

"那我边啃着面包边转弯，我们在哪里撞到一起。"

"那样吗？"

我们沉迷于谈论来世的话题。而且觉得那一点都不像是开玩笑，就好像是在谈论下星期的计划一样。

"哎，那我们来世一定要击败培理啊。"

"那不是前世的事情吗？"

"啊,是吗?"

我总是那样想。我们紧紧地抱在一起。让人难以置信的是,抱着她的感觉太舒服了。

我说:"你好像就是为了我才被创造出来的。"

"就是啊!"她非常认真地答道。

来世如果我还抱着她,会想起今世的事情吗?会想起从北海道来这里只有一年的她吗?会想起在卷起的被窝里紧紧抱在一起的我们吗?

无论任何时候,我们总是被恋爱之风吹拂,就像被"维新之风"狂吹一样。

"真不敢相信,"几天之后她说,"我们好像又超越了极限。"

"什么呀,我们不是谈论过前世和来世的事情吗?好像因此比以前更爱你了。"

"啊,我知道了。我说怎么感觉轻松了很多,确实是这样。"

"我觉得会爱你到天荒地老。"

我们不会是大脑有问题了吧？为什么如此沉迷于思考那样的事情？

"来世吗？……"

"我希望我们就这样关上盖子，藏在贝壳里，一醒来就是来世，那该多好啊！"

"我喜欢。"

"你怎么喜欢？"

"特别喜欢，绝对喜欢，永远喜欢……"

"永远吗？"

"嗯。用非常大的力气向那个目标奔跑。"

特别喜欢。

在卷起的被窝里，我们是无敌的傻瓜情侣。什么话都能说，什么事都相信。好像没有什么不可能的事情。

"传来了虫子的叫声。"几天后她说。

"已经冬天了啊!"

"哎!"

"嗯?"

"你知道东京哪里有鸣叫的虫子吗?"

"秋天的虫子?不是在草丛里吗?"

"东京没有草丛吧?东京的虫子好像在树上啊。"

"是吗?"

"话说回来,我昨天去问了南部。"

"南部?"

"嗯。"

"是南部吗?……"

"嗯。"

"南部。"

"哎,姑且问了问。或许就是嫉妒吧。"

"嗯,我非常恨她。"

"不,就像我以前说的那样,跟南部一点关系都没有。"

"不过你确实是嫉妒了,我们还是说点儿更让人感到快乐的虫子的话题吧。"

"喂,你知道吗?我喜欢的只有小惠你。"

"能嫉妒吗?……"

"不要嫉妒。"

"能嫉妒。"

"你为什么嫉妒?要嫉妒的话,也应该我嫉妒。"

"对不起。"

"哦,也没什么。"

"我自己都讨厌这样嫉妒她的自己。不过,我一想到你的前女友,就非常痛苦。"

"前女友?"

"对不起。"

"没有什么对得起对不起的,你只是嫉妒心太强了。"

"你会讨厌嫉妒心这么强的女朋友吗?"

"并没有。"

"但是,最好还是不要嫉妒吧。"

"嗯,不喜欢太过嫉妒……。不过,我觉得像你这种嫉妒,正说明你爱我之深。"

"嗯?"

"什么?"

"哎,你说什么?"

"什么?"

"你说了现在如果不喜欢的话就……"

"没有说啊。"

"说了呀!"

"也许说了一点点。"

"如果不、如果不,你说如果不喜欢的话就……"

我哪儿说过什么如果不呀?什么呀?把我都弄糊涂了。

非常不可思议,她为什么嫉妒心这么强呢?不过,多亏被她抢占先机,我在她面前才没有产生嫉妒心理。

"毕业后,我在东京就职怎么样?"几天后她对我说。

"哎，可以那样吗？"

"不清楚啊！不过，我一直在考虑，这里工作好找，而且那样的话我们还能在一起。"

"那你家里怎么办？"

"我父母希望我回北海道，因为我是独生女。"

"我不是指那个家。"

我觉得并不是那么简单的事。

"那小惠你和他的关系好吗？"

"我觉得还行吧！"

这是什么事儿呀？我想。对于她和她丈夫之间的事儿，我一无所知啊！

但是，并不是什么都不清楚就不能解决问题。我并不认为这是什么大不了的事情，只是我害怕知道真相，所以我也许又要躲藏到被窝里去了。

"我们有共同的朋友,而且我喜欢老家,也会得到大家的祝福。"

"嗯。"

"但是,我想跟你在一起,非常害怕再分开。仔细想想,有很多可怕的事情。完全不知道如何是好。"

"是吗?"

"但是,我又觉得一点儿都不害怕,觉得没有什么可害怕的。"

"过一段时间再考虑吧。到了春天,也许想法就会有一些变化吧!"

"嗯。"

"有点儿冷啊。"又过了十几天,她说,"已经完全进入冬天了。"

"北海道人是不是马上就要冬眠了?"

"不会的。不过,如果和你在一起,即使冬眠也不错。"

"那很有意思，我们偶尔也可以舔食一些蜂蜜吗？"

"能舔食的只有蜂蜜吗？"

"是呀，好像不仅仅只有蜂蜜吧。"

"那你想舔食什么？"

"糖醋酱之类的都行吧！"

"是吗？那可以吃很多吗？"

"说到这里，我妹妹来了一封邮件，她都好久没给我发邮件了。"

"什么？什么邮件？"

"她又交男朋友了，两人亲密得很。"

"那她跟前男友分手了？"

"我认为是的。"

"嗯。"

"希望他俩这次能像我们一样成为关系非常好的一对。"

"他们会追上我们吗？"

"能像我们关系这么好，稍微有点难吧。"

"我希望你妹妹能够认真地恋爱，好好地长大成人。"

"嗯,是啊!"

"喂!"

"嗯?"

"我比爱蜂蜜还爱你。"

"我也是,我比爱日式火锅还爱你。"

我喜欢的东西好像有很多很多。不过,实际上都没有什么大不了的。

父母从小就教育我要忍耐,大人们一直都对我说不要想要这个想要那个。所以,我一次都没说过想要什么,因为我认为不能说。

因此,我根本不知道我真正想要的东西是什么。即使现在也完全不知道。

"哎,我可以要你吗?我可以得到你吗?"

那天我在被窝里紧紧地抱着她,在她的耳边悄悄地说。

"我要得到你,我要得到小惠你。我想要你的全部。非常想要。一直都想要。"

我不停地对无法用语言来回答的她轻轻地诉说着。

我觉得这是我有生以来第一次说出了自己想要的东西。

那是一种高兴得想哭的心情。

我想要得到她。有生以来我第一次说出了自己真正想要的东西。

◇

我和她在春天相遇,夏天开始恋爱,秋天感情渐深,现在已经到了冬天。再过不久,今年就要结束了。

她告诉我她年末时不得不回趟老家。年末时她回一趟北海道,新年一过马上就回来。她把"去"和"来"都用"回"这个词来表达。不过,那之前我们要一起过圣诞节。

我想起了妹妹,你一定要顺利地长大啊!

木户前辈,圣诞节好像和你没有什么关系,请你努力完成自己的冒险吧。

我要祝福小惠,因为今天是平安夜。

街上被装饰得灯火通明,恋人们在大街上闲逛。

没有恋爱的人,等待什么的人,寻找什么的人,养育什么的人,大家都在闲逛。我们也手挽着手在大街上闲逛。

我们预约了鮟鱇火锅。我说圣诞节与鮟鱇火锅是绝配,她两眼放光地表示赞同。

"真好吃啊!"

我们隔着咕嘟咕嘟地滚开的火锅开心地笑着。实际上那跟圣诞节的气氛非常配。虽然有点出乎意料,但那就是绝配。在寒冷的季节,火锅会更美味。

融化了鮟肝的酱汤味道非常浓厚,跟味道清淡的白肉和蔬菜非常配。滑顺的鱼皮入口即化,非常美味。我喝着啤酒,吃着鱼肉,一个劲儿地说"好吃,好吃"。

"鮟鱇真的了不起啊!"

"为什么？"

"鮟鱇的这个部位还能发光呢。"我指着她的额头说。

"让那里发光是为了引诱小鱼，这个能发光的系统太了不起了。"

"一定是哪里的鮟鱇先开始那样的吧。"

"是啊，肯定有一条鮟鱇是最先想到让额头发光的吧！"

"那条鮟鱇非常了不起啊！"

"确实了不起啊！"

"拜托了鮟鱇，我也想让额头发光。"

"求求鮟鱇了，我也想让额头发光。"

"总之，就是这么一回事儿。"我用筷子当当地在锅沿敲了两下。

"如果相信的话，梦想一定能够实现。"我们哇哈哈地开怀大笑。

"是吗？梦想能够实现吗？"

潜入海底的鮟鱇的愿望一定会实现，不久它的额头就会悄悄地发光。

我想：即使现在我们在一起的场景是梦也不错啊！我们不想分开。我祈祷我们永远在一起。即使现在是个梦，那又有什么关系呢?

也许无论怎么祈祷都无法实现。不过，一味地躲在被窝里是绝对实现不了愿望的。但我觉得一直到冬天结束，有这个梦温暖着也很不错。

不久，火锅里的肉和菜就被我们吃光了。我们往汤里放了乌冬面，两个人看着火锅咕嘟咕嘟地沸腾。用火锅汤煮的乌冬面是绝对不能错过的美食。

我们依次捞起乌冬面，开始大吃起来。虽然已经吃饱了，但因为被火锅汤浸透的面太香了，所以我们就把面全都吃光了。

结完账，我们来到了外面。

虽然外面很冷，但我们的心情非常好。在这个平安夜里，两颊泛红的她看起来特别漂亮。我们手握着手，一起把手放进我的外套口袋里。

大街上灯光闪烁，从远处传来了铃铛的声音。夜晚的街道上播放着圣诞歌。

"哎，快看这个！"

我指着自己的肩膀，吸引她的注意，并快速在她的唇上吻了一下。她嘿嘿地笑着。

"喂，小惠！你的唇好香啊！"我说。

"你说什么？"

"因为你喝了火锅汤。"

"什么？什么？"她用胳膊勾住了我的脖子。

我们又开始慢慢地接吻。

"真的好香啊！"她嘿嘿地笑着说道。

"对吧？特别香吧？"

"嗯，非常香。"

"我还是第一次尝到这么香的吻。"

"我也是。"

我们稀里糊涂地往家走着，感觉就像奔向只属于我们两个人的房间。房间里早已准备好了蛋糕和香槟。街上被彩灯装扮得光彩夺目，可以庆祝这个使人陶醉的夜晚了。

我们回到房间，脱掉外套和围巾。然后打开香槟，点上蜡烛，关掉电灯。在被窝里，我们俩轻轻地干杯祝贺。

"圣诞快乐！"

"圣诞快乐！"

"好窄啊。"

"嗯，是好窄。"

"非常窄啊。"

"太窄了。"

"这是世界上最小的庆祝圣诞节的地方吧。"

"嗯，是世界上最快乐的地方。"我们俩掩面而笑。

"我爱你。"

"我非常爱你。"

"是我爱你。"

"是我爱你啊！"

"所以，是我爱你啊！"

"并不是那样的啊。"

"我只要一想起你，就会心潮澎湃。"

"我嘛，都能发电，还能拯救停电的村庄。"

"拯救停电的村庄有点儿太夸张了吧？"

"不，我觉得能达到那种程度。"

"是吗？"

"是的。"

"不过呢，我刚开始爱你的时候，在遥远的宇宙好像诞生了一颗星星。"

"你说诞生了星星，太聪明了。"

"不，听说真的有一颗星星诞生了。不过，它的光芒还没有照射到地球上来。"

"是吗？太了不起了。"

"梦想好像可以实现。"

我轻轻地吻了她一下。

"喂，小惠！"

"什么？"

"现在，我……"

"嗯。"

"想起了一个非常拙劣的笑话。"

"是吗?"

"可以说吗?"

"我很喜欢回文,但是我讨厌拙劣的笑话。"

"是非常了不起的内容。"

"真的吗?"

"真的啊!"

"真的吗?"

"不会让你失望的。"

"好,知道了,那你说吧!"

"是说我们现在这种状态的。"

"嗯。"

"圣诞快乐被窝。"

"嗯,圣诞快乐被窝?"

"嗯,圣诞快乐被窝。"

"嗯……"她说。

"你还需要一次机会吗?"

"不用了。"

我们又轻轻地吻了一下。

"还挺香的呢。"

"嗯,很香。"

我们俩抱在一起,等待日期的变更。

日期一变,平安夜就会变成圣诞节当天。

但是,日期最好不要变。

我想一直欢庆这个平安夜。

◇

二十五号,我们俩一直在一起,亲吻了无数次。

二十六号,我们去研究室进行大扫除。在把小鼠和大鼠放进房间后,我们也向它们表达了新年的祝福。

二十七号,我送她到机场。她告诉我元旦一结束她就回来。

我简单地答道:"嗯。"

我们没有互相说再见,也没有互相挥手道别,更没有握手,只说了"新年快乐"。

"新年快乐!"

"新年快乐!"

把她送走之后,我在机场的咖啡店里喝了咖啡。机场迎来了返乡高峰,非常拥挤,多数是全家人一起出动。

喝完咖啡后,我确认了一下时间。她乘坐的飞机已经起飞了。这时,坐在我旁边的男人打了一个大喷嚏。

从机场出来后,我坐上了空荡荡的上行单轨电车。看起来特别像玩具的这种交通工具运行得非常缓慢。

我看着沿海的风光。大海、天空、高楼大厦、仓库、海鸥和大大的夕阳,以及偶尔出现的飞机,像在某部电影中或者哪里出现的情景。

单轨电车慢慢前行,咣当咣当地穿过一个巨大而空旷的庭园。我在滨松街换乘了地铁,一个人回家了。

二十八号,我打扫了房间。

一上午我只收拾了桌子上的资料和抽屉,中午煮了荞麦面吃,下午擦拭了厨房里的微波炉、换气扇和洗菜盆。接下来,又认真打扫了平时不怎么打扫的厕所和浴缸。最后,用吸尘器把全屋都吸了一遍,把富士山的石头又重新摆放在了玄关。

打扫干净房间之后,我坐在那里喝啤酒,偶尔会给她发短信。那天夜里,我梦见了她。

二十九号早晨,妹妹给我发来了短信。

> 哥哥,我明天要去你那里,可以在你家借住两三天吗?

我说不行,她又回信求我,我又拒绝了她。

我煮了荞麦面,多加了一些辛辣调料,吃完后觉得身体热乎乎的。我突然想:木户怎么样了呢?

不知道是否跟日有所思有关,当天夜里我就梦见了木户,那是一个非常荒唐的梦。

在梦里,我又稀里糊涂地去见了木户。他好像在建筑工地干活,头上包着毛巾,身上穿着日式短棉袄。

"正值年末,我每天为海胆和金枪鱼的事忙得焦头烂额,根本没时间见你啊!"

即使是在梦里,他也喝着酒。我在狭窄的厨房里给他做汉堡。

"踩着冲浪板、踏着波浪不能钓到金枪鱼吧?"

木户这样说好像是为了吓唬我,但听起来却像在说冲浪运动员的事情。我把做好的汉堡给他端到屋里。

木户边说着"肉饼,肉饼",边吃了起来。

吃了汉堡,他心情好像很舒畅,弹了滚石乐队的《大跌骰子》。伴随着"吧拉、吧拉、吧吧吧"的音乐,勇者木户达到了80级,力量值提高了30个级别,聪明值提高了20个级别,运气值提高了30个级别。

坂本现在相当厉害了,他穿上了钢铁铠甲。我在梦中给他买了装备。木户打开衣柜,拿出了牛肉干。

他边说着"肉干,肉干",边吃着。

我说:"这是偶然啊!"

"是冲动!"木户大叫。

突然,勇者木户长大到原来的五倍左右,一击就把最后的敌人打倒了。口中念叨着"咕嘎咕咕嘎"。

"对不住了!"冲浪的人在后面道歉。

"这样的事情到此结束吧。"木户大声嚷嚷着。

"在这里,只有热情和纯真能决定人类的水平。"念念有词的木户又拿出肉干,撕着吃起来。

"我有我的金枪鱼,想笑话我的人就尽情取笑吧!"

木户边说着"生肉,生肉",边在房间里寻找。

"这里没有生肉啊!"我说道。

他一下子安静下来。

"你一定要小心生肉啊!"他好像要给我饯行一样。

"我要爬富士山,你怎么办?"他直勾勾地盯着我说,"最后由你来决定吧!"

"必须要由你来决定。"他重复了好几遍。

"你来定吧!"在梦的最后,木户用清澈的眼睛看着我说。

三十号早晨,妹妹又来短信了。

哥哥。我来东京了。现在在表参道，晚上去你那里住啊！

我回信说不行，她又回信说她什么都听我的，但这次就拜托我了。

我给父母打电话，他们说妹妹从家里走的时候就说要来我这里住。既然事已至此，毫无办法了，那就任由她来吧。

晚上八点，妹妹如约来到我家。

"我来了！"

"啊！"

妹妹买了很多衣服，在镜子前一一试穿。她不停地问我这件怎么样那件怎么样，我随便应和着。

我嚼着鱿鱼丝，喝着啤酒，给她发短信。晚上又梦见她了。

三十一号上午，妹妹出去买东西了。

我伸了个懒腰,开始收拾被褥。今天是今年的最后一天。新年开始后,再过几天我就能见到她了。

我煮了荞麦面,撒上剁碎的大葱,放了比上次更多的辛辣调料,吃完后感觉从后背到头顶的所有毛孔都张开了。吃完后我又给她发了短信。

我看着电视,喝着啤酒,觉得这部电影不怎么好看。不知不觉中,我睡着了。

大概睡了一个小时吧,我一起床发现电视画面已经变成了今年的十大新闻。总觉得好像做了什么梦,但又想不起来了。

晚上,妹妹打来了电话。

"喂,去东京塔吧!"

那声音好像是从另一个世界传过来的,又好像是抛物面天线偶尔从宇宙接收到的声音。那个声音在空中回响着,总觉得它好像要告诉我什么。

"东京塔吗?"

"嗯,今年我想在那里跨年。"

"嗯。"

"去吧，今天是新年前夜啊。"

新年前夜，我在大脑中重复着，不就是日本的除夕嘛。

"去吧！去吧！"妹妹说，"我们一起倒计时。"

仔细想了一下，自从把她送到机场后，我一步都没有离开过房间。从那天开始，过了几天了呢？我一点感觉都没有。大扫除、给她发短信、喝啤酒，除此之外，什么都没干……

"知道了。"

不管从哪方面来说，我都应该马上走出房间。妹妹告诉了我见面的地点和大致的时间。

"太冷了，你要多穿点。"妹妹最后说。

话说，此时离妹妹来电话已经过去两个小时了。

我站起来，换上拉绒内衣，穿上牛仔裤，套上衬衣和毛衣，外面又穿上厚外套。一圈圈围好围巾后，我考虑着是否要戴手套。结果，我放弃了。

一走出房间，呼出的气息马上变成了白雾。我沿着安静的道路小跑着来到地铁站。

车站内部贴着很多庆祝新年的宣传画。车站工作人员严肃地站在检票口旁。我下了站台，发现一个人也没有。

车厢里非常空，没人使用的吊环各自晃动着。或许并没有多少人留在东京跨年。

一到我们约好的车站，稀稀拉拉的几个人就都下了车。在楼梯的两侧挂满了庆祝新年的宣传画。妹妹在检票口的对面向我挥手。她穿着米黄色的外套，系着红围巾。这是她昨天买的，我觉得非常合身。

我觉得我这个小妹非常可爱，但昨天怎么一点儿都没发现呢？她可爱得出乎我的意料……

"太晚了。"

"啊，是我不好，是我不好。"

妹妹就像检查我的衣着打扮一样，从上到下看了个遍。

"不错，穿得很保暖。"

"是啊！"

"那我们走吧！"

我弯着腰跟着妹妹走向地铁口。

走出地铁站,我仰头看了一下寒冷的天空,虽然没有看到星星,但却发现我呼出的气息在黑色夜幕下非常漂亮。我重新系了一下围巾,和妹妹并肩行走在夜晚的大街上。

"好冷啊!"

"嗯,真冷。"

穿过增上寺旁边的道路,就只有一条路通向东京塔了。我记不清上次和妹妹肩并肩、步调一致地走路是多久之前的事情了。

记得小时候,有一次我拉着哭泣的妹妹的手,在百货商店的电梯前等父母。(我一说"你不要哭了",她就哭得更起劲儿了。)还有一次,我骑自行车要去住得很远的朋友家,她就跑着跟着我。

"啊!"妹妹突然大叫一声,"太漂亮了。"

我转头一看,发现左前方是霓虹闪烁的东京塔。

好像只有暖色的塔身从风景中独立出来,特别清晰地浮现在眼前。在东京塔的大观景台上,今年的阳历年份数字闪闪发光。

"哦,"我嘟囔着,"不愧是东京塔啊!"

我和小惠一起来看过一次。浮现在遥远夜空中的我们的好朋友东京塔。从水上巴士以及对面的御台场看到的东京塔仿佛象征着什么一般,但其实它只不过是一个铁塔而已……

电车的话,蓝色火车最特别;星星的话,天狼星最特别;火锅的话,日式火锅最特别。而铁塔里的东京塔就具有这一特性。

我走近后抬头仰望,那是一个让人震撼的建筑物。充分运用了几何学的知识组合起来的连续的铁骨,让我和妹妹感到头晕目眩。从四根巨大的塔脚到顶端的避雷针,引人注目的构造非常漂亮。

我们看了很长时间。

"太了不起了!"

"嗯。"

妹妹口中呼出的白气已融入新年前夕的天空里。

"还是来对了吧?"

"嗯，我请你喝咖啡吧！"

"我更想喝可可。"

"知道了。"

我去塔下的便利店买了可可和罐装咖啡。回来一看，妹妹正坐在地上发短信。

"喂。"我说着递过了咖啡。

"谢谢"。她盯着手机屏幕，头也不抬一下地说，"好热乎。"

我握着热咖啡坐在她身边。

"你在给谁发短信啊？"

"朋友。我们四个人约好了每年跨年的时候都要一直互发短信。"

"哼。"

一直互发短信，……哪有那么多事情可写？

"就像播新闻那样，大家一起回忆一年以来发生的事情。"

妹妹两只手捧着手机，手指麻利地打着字。她的朋友肯定有一个在书房，有一个和家里人一起蜷缩在被炉里，还有一个在老家像妹妹一样忙着发短信吧！

我拉开拉环，开始喝咖啡。光线柔和、白红相间的东京塔呈现在眼前。在塔的下面，人们开始准备倒计时活动。和小惠相遇的第一年马上就要结束了。我打开手机，想起了第一次和她见面的时候，一起欢笑的日子，会餐时两个人交流的情形，以及关于熊、蜂蜜和橡子的谈话。这么一来，新年前夜我也想和她说点什么。

今天是除夕夜，熊很快就会来送咸鲑鱼了吧！

"咚"的一声，我给她发了短信。我事先设定了给她发短信的专用铃声。

自从我们在机场分开，她就频繁地给我发短信。我想她肯定是利用她老公不在的间隙来看短信和写短信的吧。不过，她为我做这些，我却不清楚自己是应该高兴，还是应该悲伤。

我滑动手机页面，开始浏览这几天我们发过的短信。

不愧是我的山田，我爱你，我第一次见到你时就决定好了。你看，在和煦的阳光下，云彩的形状就像沙丁鱼，就是这样的一种感觉。我喜欢你。实际上，我如飓风般喜欢你。

我喜欢直爽、认真、温柔的你。不过，与此同时我也如疯狂的、汹涌奔腾的岩浆那样喜欢你。

早上好，我听说在北海道，人们早上问好都用过去时，是真的吗？

大爷大妈们是这样说的。都用过去时。北海道人只往前看，即使是现在，在他们看来也是过去。

是这样啊，明白了！或许不存在"现在"吧。

有的话也是联系着过去和未来，像一层薄薄的黏合剂一样的东西。我打算把北海道深藏在心中，向着它努力前行。我要去屯田。我太喜欢你了。

春天和她第一次见面的时候，我就自作多情地想：今后会发生什么好事吧。当时心怦怦直跳。

两条铁轨在那之后慢慢靠近，而且还出现了无限接近的迹象。我们无数次地相互说着喜欢、非常喜欢之类的话。

我又滑动了一下手机页面，浏览我们互发的短信。我把目光落在了右手指甲碰触到的手机链上，那上面至今还系着一个很小的杰克丹尼的挂饰。

当时我们还处在原色或黑暗的世界里。我们心潮澎湃，大声地呼喊着"我爱你"。她随着舞曲在我手边转圈，世界的颜色魔法般地发生了改变。那真的就像做梦一般。

我想带你来北海道，我现在已经非常爱你了。

今后我也会一直爱着你。

不知为什么，我好像喜欢上了北海道。我喜欢北海道在地图上的形状，还喜欢短足拟石蟹、雪虫、小矮人、示范农场、克拉克博士和小惠。特别喜欢小惠。

一看到她的短信，我就像傻子一样马上回复。

不过，在等她回复期间，我开始胡思乱想。现在，她和他在干什么呢？他会对许久未见的妻子说什么呢？她会怎么回应呢？

等待回复的时间有时仅仅需要三分钟，但有时需要三十分钟，有时甚至需要三个小时。

不管怎么说，我是依靠她给我回复的只言片语度过了二十七号以来的日子。

感谢你今天给我发了这么多短信。接下来我想在梦中见到你。晚安！

应该是我谢谢你，那我们在梦中相见吧！

　　仔细回想一下，我们每天就像小孩儿过家家一样。在春天邂逅的我们，关于今后的所有事情，并没有做出任何约定。不断重复的好像只是淡淡的幻想，一点都不真实。

　　我觉得我们好像是在做梦，就像冲洗胶卷的过程。不过，或许被窝里的我们才是最真实的吧。

　　早上好。下次我想去旅行，比如去箱根泡温泉。

　　好啊，去泡温泉！要经常去。

　　在御台场，我们初次接吻时，我就知道她双膝容易颤抖。在软绵绵的跳跳云上蹦跳的我们是世界上最棒的情侣。

在被窝里说话时，我感觉到我们之间好像有无法断开的纽带。只要她把自己的心情、愿望告诉我，我就会当场满足她。我们非常幸福。

但是，她为什么不能全部满足我呢？

说起泡温泉，那就最好穿着浴衣去。我们要经常去散步、坐情侣车，还要经常去吃寿司。

泡完温泉，我们要钻进被窝，说情话。还要经常去爬山、去雕刻之森美术馆，还要去吃寿司。

我想你啦，非常想你。

寒假一结束，她就会回来，这一点是确定的。

不过，那之后我们的关系会如何发展呢？情况一变，心情就完全不一样了。没有办法了吗？完全没有办法了吗？

如果我们在一起，就不会有这些不安。我送她去机场时,心情非常平静,觉得过几天她就会回来。为了让对方安心,这点觉悟我还是有的。

与其胡思乱想,倒不如紧紧抱在一起,好像那样就会永远在一起似的。只要在一起,就可以去任何地方。但如果分开,是完全不行的,"绝对"和"永远"将不复存在。即使到了春天,熊也不可能把幸福给我们送来吧。

我突然想起了木户,下跪也罢,"去者不追"也罢,那些都不通用,是完全行不通的。这是多么难的事情啊……

"当。"手机的铃声响了,有短信来了。

> 熊还没有来,我在看红白歌会。不过,我一直想着心上人,觉得无论是谁在唱哪首歌,听起来都像是心上人在歌唱。

我边浏览手机页面边想,等过完年她回来,我一定要紧紧地抱住她，亲吻她。一直抱紧她！只有这样，我们才能彼此放心，我们要交往到冬天结束，四月到来。

不过，那之后我们该怎么办呢？她好像非常害怕，我也非常害怕。我们一想到会伤害到其他人，就感到特别害怕。

为了守住一份温柔，就必须要毁灭另一份温柔，这是不是错误的？越界的东西都会毁灭吧。当时如果我们能好好地握握手，会不会就能恰到好处地结束这段关系了呢？

我认为当时我们心里都清楚。我们心里都明白，我们都在强求对方不要分手。

但是，发展到现在这种状态，我也无能为力。

空虚的心里被重复的思想，还有今后也许会说的话填得满满的，可是……

我现在在和妹妹一起看东京塔。

我盯着不知何时打好的字，按了一下发送键，手机发出"咚"的一声。手里的咖啡已经喝光了。手机屏幕显示发送成功。

我想：幸福到底在哪里呢？

我脑海里浮现出到目前为止模糊不清的人生中的幸福的瞬间。不过，我觉得自己好像并不特别需要那些东西。我谁也不认识，也不知自己身处何方，即使自己死掉了也没关系。因此完全不需要那样的东西。

只要和她在一起我就觉得非常快乐，没有什么能够代替这种快乐。除此之外，我别无所求。

要怎么办呢？最后如果什么都没有留下，会怎么样呢？只要和她在一起，我就会无所畏惧。但是，我却非常害怕现在没有她的生活。

太棒了！给我发一张你妹妹和东京塔的照片吧。

我瞟了一眼马上就发回来的回信。

我输入"知道了"。红白相间的东京塔就在眼前。

"我想约会。"妹妹在旁边忙着发短信。我也接着输入了"我们约会吧……",然后"咚"的一声发送出去。她马上给我回了信。"咚""咚"……,我们俩发了好一阵短信。

知道了,那小惠你是喜欢红队还是白队呢?

白队吧,怎么了?

真的喜欢白队?

嗯,最好是白队吧!

那如果白队获胜,我就去看你。

去哪儿看我?

去北海道。

为什么?什么时候来?

如果白队获胜,马上就出发。

怎么过来呢?

坐飞机。因为还没买票,所以我不确定是坐新年的第一班飞机还是其他的。总之我要去。

过了几分钟，她又发来了短信。

你是认真的吗？

嗯，认真的。

知道了。

没关系吧？

嗯。

我到了那里，你会去机场接我吗？

嗯，我会想办法去。

那样的话，我们去旭山动物园吧！

知道了，一定去。

那你就支持白队吧。

嗯，从现在开始支持，我有点紧张。

合上手机，我又去买了罐装咖啡。

回来之后，我给了妹妹一罐，她说"谢谢"。我坐在她身边，用罐装咖啡暖着冰冷的手。

妹妹还在手指灵活地发着短信。从刚才开始，她们四个人一直在互发短信。好像有什么好笑的事情，她看着手机画面，偶尔会咯咯地笑出声。我觉得那样就很好。她那样就很好。

"哎，"我说，"你能让你的朋友告诉我们红白哪队获胜吗？"

"红白？"

"嗯，红白歌会。"

看着感到不可思议的妹妹，我接着说："如果红队获胜的话，不告诉也行。不过，白队获胜的话，一定要马上告诉我。"

"为什么？"

"非常重要。"

"哼。"

妹妹又把目光转到手机上。

"如果白队获胜，马上……"妹妹机械地重复着。

"这样可以吗？"

"嗯。"

我三口喝光了罐装咖啡。

"哎,"妹妹说,"如果白队获胜,会发生什么事情吗?"

"会。"我盯着前方的东京塔说,"如果白队获胜,我会马上去机场。"

"去机场?为什么?"

"这是我们新年的初次约会,我们还什么都没做。"

很多人开始往远处的倒计时活动地点聚集。

"你刚才说我们?"

"我们就是我们,你也可以说我们。"

"我——们——"妹妹声音洪亮地说。

"现在你大脑里浮现出的人是咱们。"

"哼。"

妹妹又开始发短信了。

"哎,那你怎么去机场?"

"这附近不是有滨松町站吗?在那里坐单轨列车,很快就能到。"

"单轨列车?现在还运行吗?"

"如果不运行,那我就走着去。"

"你要坐飞机吗?"

"是啊,我们要去旭山动物园。"

"旭山动物园!"妹妹露出了非常激动的表情。

"那你一定要给我拍海豹的照片啊!"

"知道了。"

"不过,"妹妹重新盯着手机说,"机场还营业吗?"

"总有一天会开门营业吧!"

我以前为了去见她,曾经在深夜的大街上行走过。当时车站里只有乌鸦,不过,不久第一班电车就来了。

现在说不定机场里也有只乌鸦在叫。不过,到了明天早晨飞机就会起飞,飞向有她在等着我的北方。

我喜欢小惠,毫无理由地喜欢。这一点我非常清楚。被窝里的那些东西在这个世界上是不存在的。烧光这个世界的咒语、偶然、冲动,永远无限接近的直线,等等,都是根本不存在的。不过,这已经足够了。

"哎,"妹妹说,"如果红队胜了,怎么办?"

"……"

"怎么办？"

"其实，我也不知道怎么办好。"

"这样啊！"

"嗯。"

今后的事情我不太清楚，但是，这是我和小惠新年的第一次约会。如果我去了，也许就再也不能回到从前了。不管怎么说，我们总有一天必须离开现在的地方。但是，无论如何，我都不想离开小惠。

闭上眼睛，就能够看到眼皮内的黑暗。

我大脑中浮现出了演歌歌手唱歌的样子。为了烘托今年红白歌会的压轴场面，他手握麦克风热情演唱。就像北方夜里不断降落的大雪，大量的彩纸礼花漫天飞舞。他热情地演唱了今年最后一首歌曲。观众的目光紧紧地跟随着他，好像完全被他吸引住了。他在万众瞩目中演唱着今年最后一首歌曲。

"加油啊！"我默默地想。

为了白队获胜，为了辞旧迎新，我希望日本的演歌歌手无论如何也要唱出只属于他自己的歌，希望他毫无遗憾地唱好今年最后一首歌曲。

我闭着眼睛，一个人在等待着什么。我洗耳恭听，一个人在等待着什么。

身旁传来了妹妹的笑声。

我把埋在膝盖上的头抬了起来，看着前方，东京塔出现在模糊的视野中，不久就变得非常清晰了。妹妹还在发短信，好像在因为短信的内容而大笑。

我不停地大口吸气呼气、吸气呼气，然后，慢慢地站了起来。

我想起了小惠。在今年最后一条短信里，我想给她发送妹妹和东京塔的照片。

"哎，你能站起来一下吗？"

"为什么？"

"我想拍照。"

"拍照？为什么？"

"可以了，你就站在那里。"

妹妹磨磨蹭蹭地站起来，走到了我指定的地点，我摆弄着手机,她笑着问:"什么?你要干什么?"

我使妹妹居于手机画面的中央,背景是流光溢彩的东京塔。

"你在那里转一圈。"

"转圈?"

"嗯,转一圈。"

"为什么?"

"你不用问。"

妹妹滴溜儿地转了一圈。空中卷起了微微的冷风。

那是特别漂亮的风景。在非常温暖地浮现在空中的东京塔前,妹妹像卷起一阵风般漂亮地转动着身体。我想给大家都看看。我想把这催人泪下的绝美风景给小惠、木户、坂本、大野等人欣赏。

"哎,你还能再稍慢点儿转一圈吗?"

"哎?为什么?"

"你不要问了,转就行了。"

我抓拍了妹妹微笑着旋转的镜头。随着"咔嚓"一声响动,妹妹和东京塔被定格在画面里。

我觉得自己拍了一张非常棒的照片，但又觉得就这样的话有点不尽兴。于是，我对凑过来看照片的妹妹说："对了，你说过如果我让你住在我家，你什么都听我的，对吧？"

"嗯，说了。"

"那你在这里转一百圈。"

"转一百圈？"

"嗯，转一百圈、二百圈都可以。"

"我可转不了那么多圈。"

"那你就尽最大努力转吧。"

"……"

身旁的妹妹抬头看着我。

"必须要那么做吗？"

"嗯。"

"为什么必须那样做？"

"啊……"

"明白了。"

妹妹又走到了原来的地方，突然转身看着我。米黄色的外套上系着红围巾。她闭上眼睛，调整呼吸。东京塔光芒四射，在这个夜晚显得不同寻常。接下来她要代表世界来旋转，我要代表世界来守护她。

不久，妹妹开始慢慢旋转。一圈、两圈、三圈，速度在慢慢加快，红色的围巾随风飘扬。

妹妹真了不起呀！

再加把劲儿，再转得快些吧。我的好妹妹，我希望再快一些。哥哥我已经不行了。你要代替我好好地旋转。

我的宝贝妹妹以东京塔为背景，在滴溜溜地不停旋转。我的好妹妹啊。

你与哥哥、木户等人都不一样。你能如此出色地旋转。总之，你和没用的男人谈恋爱，会因为鸡毛蒜皮的小事生气、哭鼻子吧。不过，我的好妹妹，正因为你坚强而温柔，所以才能在这个现实的世界里旋转。

以妹妹为轴心的话，我知道是世界在旋转。

如果我紧紧地抓住轴心，那世界就会不停地旋转，世界就会滴溜溜地不停旋转。

旋转吧，雄浑有力的世界。不停地旋转吧，宝贵而充满爱的世界。滴溜溜地旋转吧，再用力滴溜溜地旋转吧，滴溜溜，滴溜溜……。

妹妹已经快要坚持不住了。

不一会儿，上气不接下气的妹妹停止了旋转。
"已经到了极限……"
妹妹趔趄着瘫倒在地上，红色的围巾也从她的脖颈上飘落下来。世界又慢慢恢复了以往的颜色和声音。
"我亲爱的小妹啊。"我边哭边想。
你真是一个了不起的家伙啊。我一整晚，甚至一整年都要表扬你。从小倔强的你如今却让这个世界旋转个不停。如今，你向我们这些不知如何是好的人们展示了一个让人足够确信的现实世界……
我面前就是流光溢彩的东京塔。
妹妹哈哈地不停喘着气。远处传来了新年倒计时活动的鼓掌声。

主持人为了调动气氛,在大声地说着什么,同时掌声和欢笑声持续不断。主持人继续说着什么,不久,随着更大的欢笑声,人们开始一起倒计时。

"十、九……"

我打开手机,给她发送了今年最后一条短信,同时添加了妹妹和东京塔的照片。

"三、二、一、零!"

和着倒计时的呼喊声,我按下了发送键。

  我所爱的人啊,愿你欣然入梦。今后,不论发生什么事情,祝你每天都能美梦相伴。

"哇!"
妹妹在旁边发出了惊叹声。远处举办活动的地方也传来了惊天动地的欢呼声。

从东京塔的脚下飘起了很多白色气球。

"太棒了!"

气球慢慢飞入天空。既有直冲云天的,也有互相缠绕、随风飘浮的,还有遇到铁骨停滞下来的,更有落在地上匍匐不前的。

大观景台上,标示阳历年份数字的霓虹灯闪烁着,不久,就变成了新的。欢呼声再次响起。

接着,传来了庄严的敲钟声,那是增上寺的钟声。

我把脸伏在膝盖上。还在写短信的妹妹嘟囔道:"啊,好像白队输了。"

"当""当",传来了真正的敲钟声。

余音消失的时候,又传来了"当""当"的钟声。钟声重复鸣响。

我觉得一直以来难以忍受的东西好像开始溶解、外溢了。

"不好意思……"妹妹倒吸着凉气说。

远处又传来了敲钟声。余音完全消失的时候,又敲了一下。过了一会儿，又敲了一下。

"哭什么呢？"

"当。"又传来了敲钟声。

我没有哭呀。我还什么都没做，所以我不可能哭。

接下来我站了起来，我必须要旋转。为了把握现实的世界，我必须让世界转动。

"啊，就是那样。"

妹妹砰砰地敲着我的后背。

"想哭就哭吧！"

我觉得妹妹的左手还那样放在我的后背上，右手又开始输入短信了。

"新年快乐！"

妹妹温柔地敲着我的后背。

"今年也请多关照！"

"当，当，当……"

我不知道要去哪里。我打算朝大海的方向走，从那里沿着单轨列车线走向机场。这一次，我要在地面上捕捉到以前看过的庭院式盆景那样的光景。我要快速前行，为了再一次和小惠握手。

"我们都要让今年成为美好的一年。"

此时传来了格外大的一声钟响。

此时此刻，我感到只有东京塔在守护着我们这对特别奇怪的兄妹。

"新年到了！"

妹妹砰砰地连续拍打哭泣着的我的后背。

大钟间隔一定时间就被敲响一下，就好像留在雪地里的一串脚印。我祈求这声音一直持续下去。

伴随着新年的钟声，妹妹也在不停地拍打着我的后背，就像心脏的跳动，永远在胸中回响。